연 인   정호승 우화소설

작가의 말

운주사 와불님을 뵙고 산을 내려와
대웅전 앞마당에 들어섰을 때였다.
문득 대웅전 처마 끝에 달린 풍경의
물고기 한 마리가 보이지 않고
빈 쇠줄만 바람에 흔들리고 있었다.
나는 그 물고기가 왜 무엇 때문에
어디로 날아갔는지 궁금해서
결국 이 우화를 쓰게 되었다.
왜 내 삶에 바람이 부는지
왜 풍경 소리가 들리지 않는지
내 존재의 위치가 어디인지 깨닫게 되었다.

그리고 나 자신도 용서하게 되었다.

바람이 분다.
이 우화를 운주사 풍경에게 바친다.
서로 사랑함으로써
서로의 풍경이 된 연인들에게도
이 우화를 바친다.

2025년 여름

정글승

운주사 와불님을 뵙고
돌아오는 길에
그대 가슴의 처마 끝에
풍경을 달고 돌아왔다
먼 데서 바람 불어와
풍경 소리 들리면
보고 싶은 내 마음이
찾아간 줄 알아라

―풍경 달다

자유……

사랑의 풍경 소리……

솔잎 하나가 바람에 날아와 내 몸에 살짝 부딪쳤다가 떨어진다. 멀리 와불님을 둘러싸고 있는 솔숲에서 날아온 신록의 솔잎이다. 나는 솔잎이 땅에 떨어지기 전에 푸른 하늘을 향해 당그랑당그랑 종소리를 쏟아낸다. 솔잎을 데리고 온 바람에 내 몸이 흔들리면, 내가 흔들리기를 기다리고 있던 십자 모양의 작은 추, 탁설鐸舌이 따라 흔들리고, 그 탁설이 종의 아랫부분에 힘껏 부딪친다. 그러면 나는 당그랑당그랑 맑은 소리가 되어 산사의 구석구석에 고요히 울려 퍼진다.

  내 소리는 대웅전 뒷산 바위틈에 자란 풀잎 위에도 앉고, 부처님께 올리는 밥그릇에도 가닿는다. 봄날에는 대

밭에 죽순 올라오는 소리를 내고, 가을에는 낙엽에 서리 앉는 소리를 내고, 겨울에는 눈 내린 오솔길을 걸어가는 쓸쓸한 인간의 발걸음 소리를 낸다.

내 소리를 듣지 못하면 밤에 잠을 못 이루는 스님들도 한두 분이 아니다. 절을 찾아온 사람들도 내 소리가 들리지 않으면 마음의 평정을 얻지 못하고 마음이 먼저 절 밖으로 발길을 돌린다. 바람 부는 대로 흔들리면서 투명할 정도로 맑고 청량한 소리를 내는 나를 싫어하는 사람은 아무도 없다. 심지어 도시에 사는 사람들 중에는 아파트 베란다에다 나를 달아놓고 바람 불기를 기다리는 분들도 있다.

벌써 눈치채신 분들은 다 아시겠지만, 나는 전남 화순 운주사 대웅전 서쪽 처마 끝에 달려 있는 풍경의 물고기다. 얇은 동판으로 만들어져 있지만 내 몸속에는 맑은 피가 흐른다. 꼬리는 늘 살아 움직이고, 먼 데서 불어온 미풍에도 하늘을 날듯 지느러미를 하늘거린다. 물론 푸른툭눈이라는 예쁜 이름도 지니고 있다. 동쪽 처마 끝에 매달려 있는 풍경의 물고기 또한 검은툭눈이라는 이름을 지니고 있다.

검은툭눈과 나와의 만남은 서울 조계사에 계신 한 스님에 의해 이루어졌다. 그때 나는 '불교백화점'이라는 간판이 붙은 인사동의 어느 가게 천장에 외롭게 매달려 있었다. 거리의 은행나무 잎들이 사람들 손톱만 하게 막 이파리를 내밀기 시작하던 어느 날 오후로 기억된다. 한 스님이 가게에 들러 내 몸을 살짝 건드려 소리를 한번 내보더니 선뜻 나를 사겠다고 주인에게 말했다.
"운주사 대웅전에 달기엔 제격이야. 소리가 아주 좋아. 무착 스님이 굉장히 좋아하시겠는걸."
스님은 주인에게 그런 말씀을 하시면서 입가에 만족한 미소를 지었다.
나는 그 미소가 무엇을 뜻하는지 잘 알지도 못한 채 곧 천장에서 내려와 연분홍 한지에 곱게 싸였다.
그런데 내가 한지에 싸이기 직전에 참으로 생각하지도 않았던 일이 벌어졌다. 주인 여자가 잡다한 불교용품을 넣어둔 창고 문을 열더니 나와 똑같이 생긴 풍경의 물고기를 꺼내 탁자 위에 올려놓는 것이 아닌가.
나는 놀라 숨이 막힐 지경이었다. 나와 똑같이 생긴 녀석이 신문지에 둘둘 싸여 먼지 많은 창고 속에 처박혀 있을 줄은 미처 생각하지 못한 일이었다.
그 무렵, 너무나 외로운 나머지 나는 누군가를 그리워하고 있었다. 평생을 함께할 수 있는, 진정한 만남을 위하여 간절히 기도하고 있었다. 누구를 만나 내 일생을 가득 채울 것인지, 누가 나를 만나기 위해 오늘도 열심히 살고 있을 것인지 참으로 궁금해하고 있었다.

  우리의 삶은 누구를 만나느냐에 따라 그 형태가 달라진다. 삶은 만남과 헤어짐의 모자이크다. 그러나 나는 삶의 가장 기초 단계인 만남조차 아직 이루지 못하고 있었다. 그런데 나와 똑같은 풍경의 물고기가 창고 속에 처박혀 나와 만날 날만을 기다리고 있었다니 정말 놀라운 일이 아닐 수 없었다.

  "안녕!"

  나는 떨리는 가슴을 억누르며 그를 보고 꼬리를 흔들었다.

  "안녕!"

  그도 비늘의 먼지를 털면서 나를 보고 꼬리를 흔들었다.

  내 눈동자가 가을 하늘처럼 푸른빛인 데 비해 그의 눈동자는 그믐밤처럼 검은빛이었다.

  "이름부터 지어줘야 되겠군. 넌 푸른 눈이 툭 튀어나온 붕어니까 푸른툭눈, 넌 검은 눈이 툭 튀어나온 붕어니까 검은툭눈이다."

  스님은 이름을 지어주신 뒤 우리를 곧 잿빛 걸망 속에 집어넣었다.

  우리는 만나자마자 이렇게 스님의 걸망 속으로 들어

갔다. 일생을 가득 채울 진정한 짝을 만났다는 기쁨에 들떠 걸망 속이 답답한지 어떤지 알 수 없었다. 간절히 기도했던 만남이 이루어졌다는 사실에 대해 오직 감사할 따름이었다.

"싸우지 말고, 서로 자애롭게 살거라."

운주사 대웅전 양쪽 처마 끝에 풍경을 달던 날, 스님은 우리에게 이렇게 말씀하셨다.

그리고 그날 이후 우리는 운주사 대웅전의 풍경이 되어 서로 매일 마주 보고 풍경 소리를 내며 살고 있다.

나는 지금도 검은툭눈을 처음 만나던, 그 가슴 떨리던 순간을 잊지 못한다. 스님의 걸망 속에서 그에게 처음 안겨보았을 때의 그 한없이 포근하던 순간을 잊지 못한다.

만남은 신비하다. 그리고 사랑도 신비하다. 만남을 통해서 누구나 삶의 신화를 쓰기 시작한다.

솔바람이 불어오면 나의 소리에는 솔잎 냄새가 난다. 흙바람이 불어오면 논밭을 달려온 전라도 황토 냄새가 난다. 봄날에 꽃바람이 불어오면 진달래 꽃잎 냄새가, 가을에 단풍바람이 불어오면 은은히 단풍 든 냄새가 난다.

운주사를 찾는 전라도 화순 사람들은 그것을 다 안다. 내 풍경 소리만 듣고도 전라도에 무슨 바람이 불어오는지 다 안다.

나는 여러 바람 중에서 꽃바람을 가장 좋아한다. 꽃바람이 불어오면 늘 살아 있다는 생의 감각을 느낀다.

오늘은 꽃바람이 불어온다. 진달래 꽃잎 하나가 날아와 내 몸에 오랫동안 붙어 있다. 내 몸에서는 은은히 진달래 꽃잎 냄새가 난다.

그러나 내 마음은 쓸쓸하다. 길 떠나는 남자를 멀리 소나무 뒤에 숨어서 보내는 한 여인처럼 두 손을 가지런히 가슴께로 모으고 말없이 서 있는 석불의 옷자락도 쓸쓸하다. 천여 년 전 운주사에 어느 신통한 스님이 하룻밤 사이에 세웠다는 천불천탑은 다 어디에 있는가.

나는 지금 검은툭눈과 함께 있어도 외롭다. 외로워서 바람 따라 몸을 흔든다. 오늘따라 와불님을 지키는 머슴부처님도 연화탑님도 보이지 않는다.

아무래도 검은툭눈의 마음은 변했다. 그는 언제부터인가 무심한 태도로 나를 대한다. 바람이 불면 의례적으로 몸만 흔들 뿐, 하늘이 눈부시면 송아지처럼 검은 눈만 끔벅거릴 뿐 무덤덤하기 그지없다.

내가 그만이 특별히 들을 수 있는 거문고 소리 같은 풍경 소리를 내어도 그는 들은 척 만 척한다. 그만이 볼 수 있는, 낙화하는 나뭇잎들의 슬픈 추임새 같은 춤을 추어도 아예 쳐다볼 생각을 하지 않는다. 그만이 느낄 수 있는, 활짝 핀 수련 같은 미소를 보내도 참으로 무표정하다.

이런 일은 예전에 없던 일이다. 이제는 꼭 지키기로 한 약속조차 지키지 않는다. 대웅전 뜰 앞을 비추던 한

낮의 햇살을 고이 간직했다가 밤에 기온이 떨어지면 내게 보내주기로 한 약속도 지켜지지 않는다. 아름다운 시월의 별들이 흩뿌리고 간 별빛들도 밤새워 간직해놓았다가 다음 날 쓸쓸할 때 건네주기로 한 약속도 지켜지지 않는다. 별똥별이 지평선 너머로 사라지기 전에 서로를 위해 소원을 빌기로 약속해놓고도 빌지 않는다.

이제 내 이름을 부르는 일도 거의 없다. 혹 "푸른툭눈아" 하고 나를 부른다 해도 그 목소리에 정이 묻어 있다고 느껴지지 않는다. 아침에 운주사를 하얗게 뒤덮은 첫눈이 내렸을 때 "푸른툭눈아, 일어나, 빨리! 첫눈이야, 첫눈!" 하고 지르던 탄성의 소리도 이제는 들을 수 없다.

그러면서도 그는 비로전 처마 끝에 매달려 있는 붉은툭눈을 쳐다볼 때는 눈빛이 다르다. 예전에 나를 쳐다보던, 다정함이 듬뿍 담긴 눈빛이다. 간혹 바람이 멈추고 사방이 고요할 때 그의 눈길은 어김없이 붉은툭눈을 향해 화살처럼 박혀 있다. 어쩌면 그는 붉은툭눈을 사랑하고 있는지도 모른다.

사랑은 지금 이 순간이 중요하다. 사랑한다는 지금 이 순간의 마음을 소중히 여기는 슬기가 필요하다. 아, 그러나 검은툭눈은 변해도 너무 많이 변했다. 늘 처음의 마음을 잃지 않는, 변화되지 않는 사랑이란 없는 것일까.

우리가 처음 만나던 날, 우리는 스님의 걸망 속에서 누가 먼저라고 할 것도 없이 서로의 몸과 마음을 나눔으로써 하나가 되지 않았던가. 운주사 처마 끝에 처음 달리던 날, 스님이 손수 망치를 들고 처마 끝에 풍경을 달던 날, 우리는 그 얼마나 기뻐하며 가을 하늘같이 맑고 투명한 소리를 내었던가. 우리의 풍경 소리를 듣고 그날 밤 달빛 아래 운주사 석불이란 석불들은 모두 다 어깨춤을 추지 않았던가. "너희들은 이미 한 몸이다. 서로 자애롭게 지내라" 하고 우리를 쓰다듬어주시던 스님의 맑은 미소를 검은툭눈은 벌써 잊었는가.

여전히 날은 흐리다. 차가운 꽃샘바람은 계속 불어온다. 나는 검은툭눈의 품에 안겨 차가워진 몸을 녹이고 싶다. 그러나 검은툭눈은 흙먼지 이는 꽃샘바람에 무심히 흔들리고만 있을 뿐이다.

아직 군데군데 눈은 녹지 않았다. 잔설을 밟으며 운주사를 찾아온 사람들이 기와불사에 참여하는 모습이 보인다. 한 젊은 여성이 기와에 휜 붓글씨로 고풍스럽게도 '소원성취'라고 쓴다. 그녀의 소원은 무엇일까. 그녀도 자신의 일생을 가득 채울 한 사람을 진정으로 만날 수 있게 되기를 소원한 것일까.

새들이 날아간다. 하늘을 나는 비어飛魚가 되고 싶다.

고구려 벽화에는 물고기들이 하늘을 막 날아다닌다. 나도 푸른 하늘을 마음대로 나는 물고기가 되고 싶다. 이렇게 처마 끝에 매달려 있는 삶만이 삶이 아니다.

세월이 흘렀다. 지금까지 검은둑눈과 함께 살아온 시간만큼 또다시 긴 세월이 흘렀다. 그러나 나는 여전히 운주사 대웅전 처마 끝에 매달려 있다. 봄이 오고 꽃샘바람이 불고, 겨울이 오고 눈보라가 휘몰아쳐도 아무런 변화 없는 나날을 보내고 있다.

나의 삶은 지루하다. 지루함을 견딘다는 것은 크나큰 고통이다. 꿈도 없이 하루하루 헛되이 보내는 날들이 많아진다. 내가 헛되이 보낸 오늘이 어제 죽어간 이가 그토록 살고 싶어하던 내일이라는 것을 나는 잘 알고 있다. 그러나 갈수록 헛되이 보내는 날들이 많아진다. 처마 끝에 매달려 사는 삶보다 분명 더 나은 삶은 없는 것인가.

다시 몇 해가 지났다. 외로움과 지루함의 고통은 더욱 깊어갔다. 그럴수록 검은툭눈을 사랑하기 위해 노력을 기울였다. 밤이 오고 초승달이 구름 속으로 숨어들면 길게 손을 뻗어 그의 가장 민감한 성감대인 앞가슴 지느러미를 애무했다. 새벽별들이 하나둘 스러지면 가슴에 품어놓았던 가장 맑은 별빛들을 그의 가슴속에 고이고이 흘려 넣어주었다.

분명 사랑도 노력하는 것이었다. 세상의 모든 일은 분명히 노력하는 가운데 이루어지는 것이었다. 그러나 불행히도 사랑은 노력만으로는 안 되는 부분이 있었다.

"우리 사랑은 왜 이렇게 미적지근한지 몰라. 전기가 통하지 않아. 이젠 네 손을 잡아도 무감각해."

내가 이런 말을 하면 검은툭눈은 "오래된 사랑은 원래 그래" 하고 오랫동안 말이 없었다.

"넌 왜 말도 없는 거니?"

내가 그의 침묵을 견디다 못해 꼬리를 흔들며 짜증을 내면 그는 그제서야 겨우 입을 열었다.

"처음에 사랑할 때는 원래 말이 많아. 그러나 오래된 사랑은 침묵 속에서 이루어져."

그는 늘 이런 식이었다. 나는 그런 그가 늘 불만이었다.

"우린 사랑하는 것도 아니고, 사랑하지 않는 것도 아니야."

어느 날 밤, 혼곤히 잠들어버린 그를 깨웠다. 삶이 결국 만남과 헤어짐의 모자이크라면, 이렇게 사느니 차라리 헤어지는 게 낫지 않을까 하는 생각이 들어 그를 급히 깨웠다.

"검은툭눈아, 우리 헤어지자. 그게 더 나을 것 같아. 서로의 감정을 속이는 것은 옳지 않아. 더 이상 이런 식으로 함께 사는 일은 삶을 낭비하는 일이야. 난 이런 식으로 내 삶을 중지시키고 싶지 않아."

떨리는 목소리로 한번 그런 말을 하고 나자 헤어지는 일이 당연한 일처럼 느껴졌다.

"검은툭눈아, 사랑이란 햇살처럼 따뜻하거나 햇볕처럼 뜨거운 거야. 그런데 너의 사랑은 꼭 말라버린 새똥 같아. 그렇게 말라버린, 식상한 사랑은 이미 사랑이 아니야. 죽은 나무에 새들이 날아와 앉는 걸 봤어? 사랑하지 않으면서도 같이 사는 건 죄악이야. 사랑하는 자들만이 함께 살 자격이 있어."

헤어짐에 대한 나의 주장은 되풀이되었다.

그는 아무 말이 없었다. 헤어지자고 아무리 주장해도 입가에 미소만 지었다.

"우린 증인들 앞에서 결혼식을 올린 것도 아니잖아. 우린 언제든지 헤어질 수가 있어."

나는 그의 침묵을 견디지 못하고 크게 소리를 질렀다. 검은툭눈은 그제서야 연못의 물을 먹듯 조금씩 입을 열었다.

"푸른툭눈아, 우리가 여기 이 처마 끝에 매달리던 순간을 넌 잊었니? 바로 그 순간이 우리의 결혼식이었어. 하늘과 바람과 풀과, 새들과 구름과 꽃들이 모두 우리의 결혼을 축하해주었어. 그들이 우리 결혼의 산증인들이야. 넌 뭔가 잔뜩 오해를 하고 있구나."

"오해하는 건 아니야. 그렇지만 무슨 그런 결혼이 있어?"

"물고기들의 결혼이란 원래 그래. 결혼이란 말로 하는 게 아니거든. 우리처럼 이렇게 함께 사는 것 자체가 이미 결혼이야. 그러니까 헤어지자는 말은 이제 그만해. 삶에는 이미 확정된 부분이라는 게 있는 거야."

"아니야, 그렇지 않아. 삶이란 자기 자신이 만들어가는 거야. 이미 규정되거나 확정된 것은 없어. 특히 사랑이 그래."

"그렇지 않아. 우리의 사랑은 이미 확정된 삶의 한 부분이야. 그렇지 않다면 이렇게 만날 수조차, 이렇게 오래된 사랑을 해올 수조차 없었을 거야. 난 널 만난 게 내 삶에 있어서 가장 큰 사건이고 가장 큰 기쁨이야. 너와 이렇게 함께하고 있다는 것만으로 늘 기쁘고 감사해."

평소와 달리 검은툭눈의 눈빛이 흑진주처럼 맑게 빛났다.

"그 말, 정말이야?"

"정말이야."

"아니야, 거짓말이야. 날 사랑한다면서 어떻게 그토록 무심할 수 있니? 난 수없이 외로운 밤을 홀로 보냈어."

나는 화가 나서 말을 톡 쏘았다. 달은 밝게 떠 있었다.

"무심한 게 아니라 그냥 일상을 유지한 거야. 사랑이란 오래갈수록 처음처럼 그렇게 짜릿짜릿한 게 아니야. 그냥 무덤덤해지면서 그윽해지는 거야. 아무리 좋은 향기도 사라지지 않고 계속 나면 그건 지독한 냄새야. 살짝 사라져야만 진정한 향기야. 사랑도 그와 같은 거야. 사랑도 오래되면 평생을 같이하는 친구처럼 어떤 우정 같은 게 생기는 거야."

검은툭눈의 말이 틀린 말이 아니어서 나는 그쯤에서 입을 다물었다. 검은툭눈의 말대로 사랑이 말로 이루어지는 게 아닌 것처럼 헤어짐 또한 말로 이루어지는 게 아니었다.

"푸른툭눈아, 넌 헤어짐이 무엇인 줄 아니? 헤어짐이란 죽음과 같은 거야."

그의 이 말을 생각하며 한 해를 보냈다.

한 해를 보내는 동안 그는 예전과 크게 달라진 점이 없었다. 여전히 나를 안아보고 싶어하지 않았고, 별들이 잠들기 전에 나보다 먼저 잠들어버렸다.

나는 밤마다 홀로 별을 바라보다가 잠이 들었다. 아니, 홀로 별을 바라보며 밤새도록 풍경 소리를 내었다. 외로웠다. 검은툭눈은 나의 외로움을 이해하지 못했다.

"난 널 이해해. 사랑한다는 것은 이해한다는 것이야. 얼마만큼 이해할 수 있느냐에 따라 사랑의 깊이가 달라진다고 할 수 있어."

말은 그렇게 했지만 검은툭눈은 나를 이해하지 못했다. 나 또한 그를 이해할 수 없었다.

"우리에게도 각자 다른 삶이 있을 수 있어. 지금보다 더 나은 삶이 있을 수 있어."

꽃샘바람이 불자 나는 다시 그에게 헤어질 것을 주장했다.

"푸른툭눈아, 우리에게 이러한 삶 말고, 또 무슨 삶이 필요해? 우리는 바람의 마음에 따라 아름다운 풍경 소리를 냄으로써 이웃에게 기쁨을 주는 일이 우리의 삶에서 가장 중요한 일이야."

그의 어조는 조용조용하고 다정다감했다. 그러나 그에 대한 나의 사랑은 이미 식어 있었다.

"아니야, 검은툭눈아, 그것만은 아니야. 나는 하늘을 날고 싶어. 어디론가 훌쩍 떠나가버리고 싶어. 이렇게 매달려 사는 일은 이제 정말 힘들어. 난 푸른 하늘을 마음껏 나는 꿈을 꾸기 시작했어. 이 꿈은 정말 포기하고 싶지 않아. 꿈의 크기가 바로 삶의 크기야. 그런데 넌 왜 꿈도 꾸지 않는 거야? 왜 이렇게 매달려 있는 삶에 안주해버리고 마는 거야?"

"나라고 왜 꿈이 없을까. 내 꿈은 이렇게 너를 사랑하면서 이웃에게 기쁨이 되는 가운데 평범하게 사는 거야. 네가 보기엔 작고 보잘것없는 꿈이겠지만, 내가 생각하기엔 세상에서 가장 큰 꿈이야. 난 네가 나와 같은 꿈을 꾸기를 바라."

"싫어. 그건 너만의 꿈이야. 난 네 꿈의 동반자가 되고 싶지 않아. 네가 진정 나를 사랑한다면 내 꿈을 이루도록 도와줘야 해."

검은툭눈은 한동안 말없이 나를 쳐다보았다. 초승달이 지고 빗방울이 듣기 시작했기 때문이었을까. 얼핏 그의 눈에 슬픔의 물기 같은 것이 어리고 있었다.

"내가, 너를, 진정, 사랑한다면?"

검은툭눈이 말을 더듬거렸다.

"그래, 진정 사랑한다면!"

나는 단숨에 말했다.

바람이 불었다. 빗줄기가 굵어지고 있었다.

검은툭눈은 괴로운 듯 비바람에 송두리째 몸을 맡기며 거칠게 흔들거렸다. 그가 폭풍에 몸을 맡긴 듯 그렇게 거칠게 흔들리는 모습을 본 것은 처음이었다.

비바람은 그치지 않는다. 비바람을 뚫고 어디론가 날아가고 싶다. 나의 삶에는 진정 출구가 없는 것일까.

나는 와불님이 일어나 산책을 하고 계시는지 길게 고개를 내밀고 남쪽 산등성이를 쳐다보았다. 13미터나 되는 거대한 암반 위에 아직 완성되지 않은 채 누워 있는 한 쌍의 돌부처님. 나는 그들 부부 부처님이 손을 잡고 아무도 모르게 산책을 즐기시는 것을 잘 알고 있다. 해가 뜨기 직전 무등산에 먼동이 트기 시작하면 그들 부부 부처님은 일어나 솔숲으로 난 오솔길을 산책하신다. 나는 그런 와불님을 멀리서 바라보는 것만으로도 늘 가슴이 벅차오른다.

오늘은 비가 와서 그런지 와불님들이 산책을 하지 못하고 그대로 비를 맞고 누워 계신다. 그런데 남편 와불님이 아내 와불님 쪽으로 약간 돌아누워 한쪽 손을 들고 계신다.

"와불님, 왜 그렇게 손을 들고 계세요?"

나는 비에 젖은 목소리로 와불님께 말을 걸었다.

"내 아내가 찬비에 떨게 될까 봐 이렇게 비를 가려주는 거야. 나는 비가 오나 눈이 오나 천 년 동안 이렇게 해왔다네."

나는 갑자기 정신이 아득해졌다. 남편 와불님이 그토록 아내 와불님을 사랑하실 줄은 미처 생각하지 못한 탓이었다.

"그렇다면, 사랑이란 바로 이런 것입니까?"

"그렇다네. 사랑은 이런 것이네. 푸른툭눈, 자네는 내가 천 년이 지났는데도 왜 미완성 부처인 줄 아는가?"

나는 무슨 대답을 해야 할지 알 수 없어서 입을 다물고 가만히 있었다. 와불님은 내 대답을 기다리지 않고 계속 말씀을 이으셨다.

"그건 사랑이 미완성이기 때문이야. 이 세상에 완성된 사랑이란 없어. 사랑을 완성시키려는 과정만 있을 뿐……. 그 과정의 연속이 바로 사랑이야."

와불님은 계속 손을 치켜들고 쏟아지는 비를 가리고 있었다. 찬비가 와불님의 손등을 차갑게 내리쳐도 조금도 개의치 않았다.

"와불님, 헤어짐이란 어떤 것입니까?"

검은툭눈과 헤어질 것을 결심하자 막상 두려움이 앞섰다. 어떻게 하면 그 두려움에서 벗어날 수 있을지 와불님께 여쭙고 싶었다.

"헤어짐이란 보고 싶을 때 볼 수 없다는 것이야."

"볼 수 없다는 것이 그토록 두려운 것입니까?"

"보고 싶은 마음이 있는 한, 헤어짐은 두려운 것이야. 그렇지만 만남이 있으면 반드시 헤어짐이 있네. 헤어짐을 너무 두려워하지 말게. 헤어졌다가도 또 만나는 게 우리의 삶이네."

비는 계속 내렸다. 봄비치고는 처연하다고 할 정도로 빗방울이 굵었다.

검은툭눈과 헤어져도 그가 보고 싶을 것 같지 않았다. 보고 싶은 마음 때문에 헤어짐이 두려운 것이라면, 보고 싶어하지 않음으로써 그 두려움에서 벗어날 수 있을 것 같았다.

"와불님, 저는 차라리 풍경을 흔드는 바람이 되고 싶을 때가 있습니다."

"그건 자네의 본분을 잊은 거야. 꽃이 뿌리가 되려고 하면 어디 쓰겠는가?"

"그래도 매달려 있는 삶이 무척 고통스럽습니다."

"문제는 자네 마음이야."

"어떤 때는 비어가 되어 하늘을 훨훨 날고 싶습니다. 어떻게 하면 이 매달려 사는 삶에서 벗어나 대자유를 얻을 수 있을까요?"

"그것 또한 자네 마음이야. 문제는 자네가 진정으로 원하지 않는 데에 있어."

"와불님, 진정으로 원하지 않다니요? 그렇지 않습니다."

나는 석불들처럼 두 손을 가슴에 정성껏 모으고 와불님을 올려다보았다.

"아니야. 자네는 아직 진정으로 원하는 게 아니야."

남편 와불님은 여전히 손을 내리지 않은 채 아내 와불님의 얼굴에 떨어지는 빗방울을 가려주면서 측은하다는 듯이 나를 내려다보았다.

"내 자네한테 한 가지 묻겠네. 지금 바람이 불어서 깃발이 날리는 것을 보고 승려 둘이 다투고 있네. 한 승려는 바람이 움직이는 것이 아니라 깃발이 움직이는 것이라고 하고, 또 한 승려는 깃발이 움직이는 것이 아니라 바람이 움직이는 것이라고 하네. 자네 생각엔 누가 옳은 것 같은가?"

"글쎄요."

나는 당장 무슨 대답을 해야 할지 알 수 없었다. 그러나 풍경인 내 입장을 생각하자 대답이 그리 어렵지 않았다.

"깃발이 움직이는 것입니다. 바람이 불면 풍경인 제가 움직이는 것과 똑같은 이칩니다."

"과연 그럴까?"

"그렇습니다."

"아니야. 그건 바람이 움직이는 것도, 깃발이 움직이는 것도 아니야. 그렇게 다투는 승려들 마음이 움직이는 것뿐이야."

나는 와불님의 말씀에 저절로 고개가 숙여졌다. 어두운 밤이 지나고 먼동이 트듯 눈앞이 환하게 밝아왔다.

문제는 내 마음에 있었다. 내가 진정으로 비어가 되길 원한다면, 내가 진정으로 대자유를 얻길 소원한다면, 그 모든 것이 이루어질 수 있다는 것이 와불님의 말씀이었다. 그러나 어떻게 하면 진정으로 원할 수 있게 되는지 그 방법은 알 수 없었다.

비는 그치고 싱그러운 바람이 불어왔다. 나는 여전히 처마 끝에 매달려 신록의 바람에 흔들리고 있었다. 다시 봄은 찾아왔건만 검은툭눈은 여전히 무심한 눈길로 나를 바라보고 있었다.

그러나 나의 마음속에는 등불 하나가 환하게 켜져 있었다. 그 방법은 잘 모르지만, 진정으로 원하기만 한다면 내가 원하는 것을 이룰 수 있다는 생각에 마음은 늘 등불이 꺼지지 않도록 심지를 돋우었다.

하루는 제비 한 마리가 찾아와 부리로 톡톡 나를 건드렸다.

"여기 대웅전 처마 밑에 집을 짓고 싶은데, 괜찮겠니?"

나를 바라보는 제비의 눈동자에 바람에 흔들리는 내 모습이 비쳤다.

"괜찮아. 와서 지어."

나는 반가워 몸을 흔들며 꽃잎 피어나는 소리를 내었다.

"정말 괜찮을까. 스님들이 싫어하시지 않을까. 거룩하고 청정한 곳에 집을 지었다고 화를 내시면 어떡하지?"

"아니야, 그렇지 않을 거야. 오히려 기뻐하실 거야."

"아니야, 어쩌면 그렇지 않을지도 몰라."

제비는 몹시 걱정이 된다는 듯 쉽게 결정을 내리지 못하고 이리저리 처마 밑을 맴돌았다.

"그럼 내가 와불님께 한번 여쭈어볼게."

나는 남쪽 산등성이로 길게 고개를 내밀고 와불님을 쳐다보았다. 와불님이 잠깐 윗몸을 일으킨 뒤 고개를 두어 번 끄덕거렸다.

"괜찮대. 아직 여기에다 누가 집을 지은 적은 없지만, 걱정하지 말고 집을 지으래."

"고마워."

제비는 다시 한번 부리로 톡톡 나를 건드리더니 어디론가 날아가버렸다.

제비가 돌아오기를 기다리는 동안 내 마음엔 다시 새로운 등불이 켜졌다. 누군가를 간절히 기다리는 일은 마음속에 등불을 켜는 일과 같은 일이었다.

제비는 며칠 지나서야 제짝을 데리고 돌아와 부지런히 집을 짓기 시작했다. 어디에서 그렇게 물고 오는지 하루에도 수십 차례씩 진흙과 지푸라기와 자디잔 나뭇가지들을 입에 물고 와 집을 짓기 시작했다.

집을 짓는 곳은 제비가 말한 대로 대웅전 처마 밑이었다. 연꽃무늬 단청이 칠해진 처마널 부분에다 작은 오지항아리 같은 집을 짓기 시작했다.

제비들이 집을 짓기 시작하자 새벽예불을 드리던 운주사 스님들의 얼굴에 화기가 돌았다. 다들 떠나온 고향집을 생각하는지 입가에 침묵의 미소가 떠돌았다. 나를 쳐다보는 검은툭눈의 무덤덤한 눈빛도 예전에 처음 만났을 때와 같은 눈빛으로 빛났다.

제비집이 완성되던 날, 나는 제비를 위해 그동안 내가 가장 아껴두었던 풀잎 소리 같은 풍경 소리를 들려주었다.

제비들은 알을 낳고 푸른 하늘을 부지런히 날아다녔

다. 나는 푸른 하늘을 마음껏 날아다니는 제비들이 부러웠다.

알이 부화되자 제비들은 더 부지런히 하늘을 날아다녔다. 어디서 물고 오는지 어둠이 깃들 때까지 벌레들을 물고 와 새끼들의 입에 물려주었다. 어미 제비가 먹이를 물고 오면 새끼들이 입을 쫙쫙 벌리고 서로 먹으려고 짹짹거렸다. 나는 그 소리가 나와 검은툭눈이 내는 풍경 소리보다 더 아름답게 들렸다.

그런 어느 날이었다. 무등산에서 불어오는 따스한 봄바람에 운주사 석불들이 노곤히 낮잠을 즐기고 있을 때였다. 나는 가능한 한 석불들이 잠에서 깨어나지 않도록 풍경 소리를 줄이려고 애를 쓰면서 맞은편 제비집을 쳐다보았다.

제비집엔 새끼 제비 한 마리가 둥지 밖으로 고개를 내밀고 대웅전 앞마당을 내다보고 있었다. 어디로 먹이를 구하러 갔는지 어미 제비는 보이지 않았다. 새끼 제비는 이제 막 털이 나기 시작한 게 여간 귀여운 것이 아니었다.

나는 새끼 제비가 하는 짓을 한참 동안 지켜보았다. 문득 나도 저런 귀여운 새끼를 낳아 좋은 엄마가 되고 싶다는 생각이 들었다.

바로 그때였다. 배가 고팠던 탓이었을까. 아니면 돌아

오지 않는 엄마가 보고 싶어서였을까. 새끼 제비 한 마리가 둥지 밖으로 고개를 내밀다가 그만 몸의 균형을 잃고 둥지 밖으로 떨어지고 있었다.

순간, 나는 새끼 제비를 향해 몸을 날렸다. 오직 새끼 제비를 구해야겠다는 생각밖에 없었다. 다행히 대웅전 돌계단에 코를 박고 떨어지기 직전에 나는 새끼 제비의 손을 잡았다.

새끼 제비는 놀라 울음을 터뜨렸다.

"울지 마. 괜찮아, 괜찮아. 곧 엄마가 오실 거야."

나는 새끼 제비를 고이 안아 제비집에 살짝 넣어주었다.

그런데 참으로 이상한 일이었다. 그것은 내가 새끼 제비를 향해 날아가는 동안에는 미처 깨닫지 못한 일이었다. 그것은 내 몸과 마음이 너무나 가볍고 자유스럽게 느껴진다는 점이었다.

나는 급히 내가 매달려 있던 처마 끝을 쳐다보았다. 처마 끝엔 물고기가 떨어져 나간 풍경이 달려 있었다. 물고기는 없고, 물고기를 달고 있던 쇠줄만 달랑달랑 바람에 흔들리고 있었다.

아, 나는 하늘을 날고 있었던 것이다. 드디어 비어가 되어 처마 끝에 매달려 사는 삶에서 벗어난 것이었다. 오직 새끼 제비를 살려야겠다는 일념으로 힘껏 대웅전 앞마당으로 달려 나갈 때 등지느러미에 걸려 있던 쇠줄이 끊어져 나간 것이었다.

나는 검은툭눈과 헤어져야 할 순간이 다가왔다는 것을 직감했다. 검은툭눈은 내가 하늘을 날자 검은툭눈을 더욱 툭 튀어나오게 하고는 어리둥절한 표정을 지었다.

"잘 있어."

나는 대웅전 처마 밑을 한 바퀴 돌고 나서 검은툭눈에게 말했다.

"도대체 어떻게 된 거야?"

"비어가 된 거야. 잘 봐, 난 이렇게 날 수 있어."

나는 검은툭눈에게 이리저리 나는 모습을 보여주었다. 움직이면 움직일수록 지느러미가 날개가 되어 나를 이동시켰다. 검은툭눈은 놀라 입을 다물지 못했다.

"난 여길 떠날 거야."

"떠나다니!"

"붙잡지 마. 이건 내가 진정으로 원했던 일이야."

"도대체 어디로 떠난단 말이니?"

"그동안 진정으로 원하는 방법을 몰라서 이렇게 매달려 있었을 뿐이야. 그러나 이젠 자유의 몸이야. 대자유를 얻었어. 진정으로 남을 위할 때, 내가 원하는 것을 얻을 수 있다는 것을 알게 되었어."

나는 얼른 대웅전 앞마당에 서 있는 석등 쪽으로 날아갔다.
"푸른툭눈아, 가지 마! 네가 살 곳은 여기야!"
검은툭눈이 나를 소리쳐 불렀다. 나는 영원히 돌아오지 않을 것처럼 뒤돌아보지 않았다.
"푸른툭눈아, 가지 말라니까……."
검은툭눈의 울음소리가 들렸다.
나는 대웅전 앞마당을 벗어났다. 언제 다시 뵙게 될지 모를 일이어서 남쪽 산등성이 쪽으로 날아가 와불님께 하직 인사를 올렸다.
"와불님, 저는 어디론가 길 떠납니다. 더 넓은 세상에 가서 참된 물고기가 되겠습니다."
"잘 가라. 대자유를 얻었구나. 그러나 조심해라. 자유에는 책임이 따른다. 하고 싶은 이야기가 있으면 언제 어디에 있든지 하고. 아무리 멀리 있어도 난 네가 하는 이야기를 들을 수 있다."
남편 와불님이 아내 와불님한테 팔베개해주고 있던 팔을 빼내 나를 향해 손을 흔들었다.
"돌아오고 싶으면 언제든지 돌아와, 기다리고 있을게. 몸은 떨어져도 마음만은 늘 너와 함께할 거야."
검은툭눈의 울음 섞인 목소리가 계속 들려왔다. 나는

못 들은 척 운주사를 떠났다. 사랑하던 검은툭눈의 곁을 떠났다.

날 수 있는 삶은 나를 흥분시켰다. 나는 너무 흥분해서 어디로 날아가는지조차 알 수 없었다.

운주사는 곧 내 시야에서 사라졌다. 화순 읍내도 보이지 않았다. 나는 한참 동안 높이 멀리 날았다.

"푸른툭눈아."

누가 나를 불렀다.

"너, 어디 가니?"

뒤돌아보자 풍경을 흔들던 바람이었다.

"몰라, 나도."

그제서야 내가 날고 있다는 사실에만 흥분하고 있다는 것을 알 수 있었다.

나는 천천히 마음을 가라앉혔다. 조금씩 주위가 눈에 들어왔다. 나는 지리산이 내려다보이는 어느 하늘 한가운데를 날고 있었다. 섬진강이 누가 연필로 가늘게 휜 곡선을 그은 듯했다.

아, 내가 멋모르고, 너무 높이 올라왔구나.

문득 두려움이 느껴졌다. 어디로 가야 할지 막막했다.

"바람아, 내가 어디로 가면 좋겠니?"

"어디로 가고 싶은데?"

너무 불안해한 탓인지 바람이 내 손을 꼭 잡아주었다.

"글쎄, 난 날아다니는 삶만 추구했을 뿐, 아직 무슨 계획 같은 걸 세워놓은 게 없어."

"그럼 지금 잘 생각해봐. 어디로 가고 싶니? 처음이니까 이번만은 내가 데려다줄게."

"글쎄, 길을 떠난다는 게 이렇게 두려운 것인 줄은 몰랐어."

"하하, 너무 두려워하지 마. 그건 누구에게나 다 두려운 일이야. 누구든 두렵지 않은 삶이란 없어."

바람이 크게 껄껄 웃으면서 내 등을 밀었다.

나는 문득 바다 생각이 났다. 풍경을 흔들던 바람에 가끔 묻어오던 바다 냄새. 그 비리고 푸른 냄새가 떠올랐다.

"맞아! 바다야! 난 바다가 보고 싶어. 바람아, 바다로 가는 길을 좀 가르쳐줘."

나는 다시 흥분한 듯 크게 소리쳤다.

"그래, 좋아. 바다를 보는 것만으로도, 넌 날개가 있는 삶의 의미를 찾을 수 있을 거야."

바람이 다시 내 등을 밀었다.

나는 두려움을 떨치고 바다를 향해 날기 시작했다.

바다로 가는 길은 멀었다. 길은 끊어졌다가 이어지고, 이어졌다가 다시 끊어졌다.

얼마나 날았을까.

조금씩 날개에 힘이 빠졌다. 수동적으로 처마 끝에 매달려 사는 삶보다 능동적으로 하늘을 날아다니는 삶이 몇 배나 더 힘이 들었다. 소원하는 것을 얻기 위하여 참고 기다리는 일보다 그것을 얻고 나서 지키는 일이 더 힘든 일이었다.

나는 힘을 내고 용기를 내었다. 이제 나를 도와줄 이는 아무도 없었다. 바람도 바다로 가는 길만 가르쳐줬을 뿐 언제 나를 떠났는지 보이지 않았다.

또 얼마를 날았을까.

비릿한 물비린내가 나기 시작했다. 운주사까지 간혹 바람이 데리고 오던 바로 그 냄새가 나기 시작하더니 한

순간에 바다가 펼쳐졌다.

바다를 보는 순간, 나는 나도 모르게 "아!" 하고 외마디 탄성을 내질렀다. 바다는 누가 거대한 비단 보자기를 펼쳐놓은 것 같았다.

나는 좀 더 바다 가까이 내려갔다. 파도가 일으키는 잔잔한 물결무늬가 햇살에 하얗게 부서졌다. 비로소 매달려 있는 삶에서 벗어나 마음껏 날아다니는 삶을 살고 있다는 사실이 실감되었다.

나는 바다를 향해 더 아래로 내려갔다. 아래로 내려갈수록 파도 소리가 점점 크게 들렸다. 파도는 젊은 소나무 한 그루가 수평선을 향해 서 있는 절벽에 몸을 던질 때 가장 아름다운 소리를 내었다. 나는 절벽 끝에 사뿐히 내려앉아 소나무와 함께 수평선을 바라보았다.

해가 지고 있었다. 수평선 위로 붉은 연꽃들이 송이송이 피어나고 있었다. 처음에는 누가 고요히 수평선을 끌어당겨 하늘에 줄줄이 연꽃송이들을 피어나게 하더니, 차차 시간이 지나자 수평선엔 연꽃을 태우는 불길이 훨훨 일었다.

"수평선 너머엔 무엇이 있을까. 무엇이 있길래 해는 저 수평선 너머로 사라지는 것일까."

나는 넋을 잃은 듯 불길이 이는 수평선을 바라보며 중

얼거렸다. 그러자 소나무에 앉아 있던 흰물떼새가 말했다.
"수평선 너머엔 섬이 있지."
"섬이라니? 섬이 뭔데?"
"섬은 바다와 바다 사이에 놓인 돌멩이 같은 거야. 바다를 더욱 아름답게 해. 바다는 섬이 있기 때문에 아름다운 거야."
새는 나와 몸피가 비슷한 데다 가슴 전체가 나와 비슷한 은빛이어서 처음 만났는데도 아주 친한 친구처럼 굴었다.
"여기서 멀어?"
"멀어. 바닷가에 사는 나도 쉽게 가볼 수 없는 곳이야. 그런데 난 가봤어. 바다를 향해 날아가면 죽는다고 엄마가 가지 말라고 했는데, 엄마 몰래 가봤어. 정말 죽을 뻔했어. 아무리 날아도 바다는 끝이 없었어. 날아도 날아도 수평선뿐이었어. 난 날개에 힘이 빠져 바다에 떨어져 죽기 직전이었는데 그때 섬이 보였어. 바다엔 섬이 있었던 거야. 아마 바다에 섬이 없었다면 난 지금쯤 죽은 목숨일 거야. 나는 바다로 날아가면 그저 죽는 줄만 아는 우리 친구들에게 바다에 섬이 있다고 가르쳐주었어. 그러나 다들 용기가 없어. 아무도 그 섬에 가보지 않으려고 해. 그래서 난 지금 혼자라도 그 섬에 갈 기회를 엿보고 있는 중이야."

흰물떼새는 지금 당장이라도 바다를 향해 날개를 펼칠 듯했다.

"그럼 나랑 같이 가자."

나는 바다를 아름답게 하는 그 섬에 가보고 싶었다.

"좋아, 같이 가."

그는 찬성의 표시로 북쪽 나뭇가지 끝에서 남쪽 나뭇가지 끝으로 옮겨 앉았다.

다음 날 아침, 해가 뜨기를 기다려 소나무 가지가 가리키는 곳을 방향 삼아 흰물떼새와 나는 바다를 향해 날았다.

바다는 눈이 부셨다. 문득 검은툭눈과 함께 바다를 향해 날아간다면 얼마나 좋을까 하는 생각이 들었으나 그런 생각은 곧 떨쳐버렸다.

흰물떼새의 속력은 빨랐다. 나는 허겁지겁 그의 뒤를 따랐다. 그런데 아직 해안가 절벽 주위를 채 벗어나지 못했을 때였다. 갑자기 청회색 매 한 마리가 나타났다. 매는 마치 폭격기처럼 급강하하기도 하고 급상승하기도 하다가 돌연 나를 향해 날아왔다.

순간, 운주사를 떠나온 것이 후회되었다. 아, 여기에서 내가 죽는구나 하는 생각에 정신이 아득해졌다.

나는 있는 힘을 다해 절벽 쪽으로 방향을 틀었다. 매도 조금도 속도를 늦추지 않고 절벽 쪽으로 방향을 틀었다. 한번 추격한 먹잇감은 결코 놓치는 법이 없다는 듯 그 속도가 빨랐다. 나는 다시 절벽의 반대쪽으로 방향을 틀었다. 기우뚱, 수평선이 한쪽으로 기울어졌다.

그때였다.

"도망가! 빨리!"

흰물떼새가 급히 매를 향해 날아들면서 다급히 소리쳤다.

나는 다시 절벽 쪽으로 방향을 틀었다. 그 순간, 흰물떼새의 한쪽 날개가 매의 발톱에 낚아채이는 것이 보였다.

아, 모든 일은 한순간에 일어나고 말았다. 나를 추격하던 매는 나 대신 흰물떼새를 공중잡이해서 낚아채고 절벽 위로 날아갔다. 그리고 그 날카로운 발톱과 부리로 흰물떼새의 가슴과 배를 파먹기 시작했다.

나는 무서웠다. 어디선가 매가 다시 나를 공격해올까 봐 두려웠다. 온몸이 갈가리 찢긴 채 피를 흘리며 죽어가는 흰물떼새를 그대로 두고 급히 바다의 반대편을 향해 날았다.

얼마를 날았을까.

다시 지리산이 보였다. 멀리 눈 아래 섬진강이 흰 실

오라기 한 올처럼 구부러진 채 흘러가는 게 보였다.

섬진강을 보자 마음이 다소 가라앉았다. 나는 섬진강이 가장 잘 내려다보이는 하동읍 섬호정 정자 위에 내려앉아 섬진강을 내려다보았다. 그제서야 눈물이 핑 돌았다. 매에게 낚아채여 파닥이던 흰물떼새의 작은 날개가 떠올랐다.

흰물떼새는 왜 나를 위해 자기의 목숨을 던진 것일까. 흰물떼새를 위해 내가 해야 할 일은 무엇일까. 흰물떼새는 어쩌면 내가 가고 싶어했던 바다의 섬이 아니었을까.

밤이 깊도록 섬호정에 앉아 멀리 섬진강만 바라보았다. 지리산 구례 쪽에서 뻐꾸기 우는 소리가 들렸다.

어김없이 아침은 다시 밝아왔다. 섬진강은 허연 속살을 드러내고 변함없이 햇살에 반짝이고 있었다. 나는 섬호정 지붕 위에 멍하니 앉아 섬진강 물결만 바라보았다. 바다를 처음 본 것도 충격이었지만 흰물떼새의 죽음을 목격한 것 또한 충격이었다.

죽음은 무엇일까. 왜 삶에는 죽음이 있는 것일까.

나는 밤새도록 잠을 자지 못했다. 별들에게 말도 한마디 건네지 못했다. 운주사를 떠나온 후 내가 처음 경험하게 된 것은 사랑이 아니라 죽음이었다.

운주사 처마 끝에 살 때에는 죽음을 생각해본 적이 없었다. 석불과 석탑 곁에 꽃이 피고 지는 것을 수없이 보아왔지만, 그것을 죽음이라고 생각해본 적은 없었다.

　나는 어디로 날아가야 할지 알 수 없어 섬호정 정자 위에서 며칠 밤을 보냈다. 오후 늦게 배가 고프면 섬진강 강물을 몇 모금 마시고 돌아오곤 했다.

　시간은 흘렀다. 밤마다 섬진강의 모래알처럼 밤하늘에 별은 빛났다. 별이 빛날수록 시간은 자꾸 흘렀다.

　이제는 섬호정을 떠나야 할 시간이었다. 그러나 죽음을 이해하지 못하면 삶을 이해하지 못할 것 같아 어디든 한 발자국도 옮길 수가 없었다.

　어느 날 밤, 별들에게 와불님을 좀 불러달라고 조용히 부탁했다.

　와불님은 별빛이 되어 곧 나를 찾아왔다.

　"와불님? 죽음이 무엇입니까?"

　나는 인사도 없이 가장 묻고 싶은 말부터 먼저 꺼냈다.

　와불님은 한참 동안 말없이 나를 내려다보았다.

　"네가 운주사 풍경이었을 때, 바람이 불지 않는 날도 있었지 않았느냐?"

　오랜 침묵 끝에 와불님의 별빛이 입을 열었다.

　"네, 있었습니다."

　"잠시 바람이 불지 않을 때, 넌 그것을 바람의 죽음이라고 생각했느냐?"

"아닙니다. 그렇게 생각하지 않았습니다."

"한번 바람이 불지 않으면 다시는 바람이 불지 않더냐?"

"아닙니다. 곧 다시 바람이 불어왔습니다."

"그것 봐라. 죽음도 그런 것이다. 잠시 바람이 불지 않는다고 해서 바람이 죽은 것이 아니다. 이번에 처음으로 바다를 보았다지?"

"네, 바다를 보았습니다."

"바다의 파도를 보았는가?"

"네, 파도를 보았습니다."

"파도가 부서지던가?"

"네, 절벽에 부딪쳐 하얗게 부서졌습니다."

"파도가 부서졌다고 바다가 없어지던가?"

"아닙니다. 바다는 그대로 있었습니다."

"그것 봐라. 죽음도 그와 같은 것이다. 바다의 파도와 같은 것이다. 파도는 스러져도 바다는 그대로 있다. 죽음이 있다고 해서 삶이 없는 것은 아니다. 파도가 바다의 일부이듯이 죽음도 삶의 일부다. 그러니 너무 슬퍼하지 말고, 대자유를 찾아 길을 떠나라."

와불님의 별빛은 더욱 빛났다.

나는 그 별빛을 바라보며 다소나마 죽음을 이해할 수

있을 것 같았다. 바람이 불지 않는다고 해서 바람이 죽은 것이 아니라는 것은 풍경으로서 늘 겪어온 일이었다. 바람은 불지 않았다가 어느 순간에 다시 불어와 나로 하여금 풍경 소리를 내게 했다.

"그런데 와불님, 왜 삶에는 죽음이 꼭 있는 것입니까?"

나는 가만히 있지 못하고 다시 질문을 던졌다.

와불님의 별빛은 다시 한동안 말이 없다가 입을 열었다.

"그건 결국 삶을 위해서다. 죽음이 없으면 우리의 삶은 존재할 수 없다. 죽음이 있기 때문에 이렇게 다들 살아 있다. 죽음은 삶의 결과이고, 삶은 죽음의 원인이다."

"그렇지만 와불님, 흰물떼새가 왜 나를 위해 죽었는지는 알 수가 없습니다. 흰물떼새가 왜 나를 살리고 자기가 죽었는지요?"

"그건 너 스스로 생각해보아라. 너도 이제 삶과 죽음을 이해할 때가 되었다."

와불님의 별빛은 사라졌다. "검은툭눈은 잘 있는지요?" 하고 검은툭눈의 안부를 물으려고 하자 와불님의 별빛은 보이지 않았다. 별들은 다시 침묵으로 빛나기 시작했다.

나는 와불님의 별빛을 생각하다가 깊이 잠이 들었다.

잠 속에서도 멀리 섬진강 강물이 뒤척이며 바다로 흘러드는 소리가 들렸다.

섬진강 철교 위로 해가 떠오른다. 해가 떠 있는 철교 위로 기차가 지나간다. 나는 기차를 따라가다가, 기차를 그냥 홀로 보내고, 섬호정 뜰 앞에 세워놓은 시비 곁에 앉아 〈하동포구〉라는 제목의 시를 가만히 읊조려보았다.

하동포구 팔십 리에 물새가 울고
하동포구 팔십 리에 달이 뜹니다
섬호정 댓돌 위에 시를 쓰는 사람은
어느 고향 떠나온 풍류랑인고

나는 한 자 한 자 글자를 눈으로 짚어가며 소리 내어

읽어보았다. 풍류랑風流郎이란 풍치가 있고 멋스러운 젊은 남자를 의미하는 말이므로, 섬호정 댓돌 위에 시를 쓰는 한 젊은 시인의 모습을 떠올렸다.

"으음, 시를 읽는 목소리가 아주 좋아. 맑은 풍경 소리 같아."

그때 한 젊은이가 다가와 내게 말을 걸었다.

"누, 누구세요?"

나는 시비 앞에서 한 발자국 성큼 물러나 앉았다. 사람과 이야기를 하기엔 어쩐지 두려움이 앞섰다.

"겁내지 마라. 나는 남대우 시인이라고 한다. 네가 방금 읽은 저기 시비에 나오는, 시를 쓰는 사람이다."

그는 키가 작고 둥근 금테 안경을 끼고 있었으며, 청색 재킷을 걸치고 있었다.

"그런데 너 같은 물고기는 처음 본다."

그가 나를 유심히 쳐다보더니 불쑥 손을 내밀고 악수를 청했다.

나는 그의 손을 뿌리치지 않았다. 섬호정 댓돌 위에 시를 쓰는 사람이라면 경계하지 않아도 되는, 마음이 아름다운 사람인 듯싶었다.

"넌 날개가 달렸구나. 참으로 특이해. 비어가 있다는 사실은 알고 있었지만, 이렇게 직접 만나게 될 줄은 몰

랬구나. 정말 반가워."

그는 정말 반갑다는 듯 내 손을 잡고 흔들었다.

"여기 섬호정은 어릴 때 내가 놀던 곳이란다. 바로 이 곳에서 친구들이랑 구슬치기도 하고, 딱지치기도 했단다. 그런데 넌 이름이 뭐니?"

"푸른톡눈."

"아주 예쁜 이름이구나. 그런데 네 얼굴이 말이 아니야. 무슨 고민거리라도 있니? 슬픈 일이라도 있어? 나한테 얘기해봐. 내가 시를 써서 슬픔을 없애줄 테니까."

그는 내가 생각한 대로 마음이 아름다운 사람이었다. 내가 마음을 열기도 전에 이미 내 마음속에 성큼 들어와 있었다.

"친구가 나를 대신해서 죽었어요. 매가 나를 공격하는데, 그 친구가 매로 하여금 공격의 방향을 바꾸게 했어요."

흰물떼새의 죽음을 이야기하자 나는 다시 가슴이 떨려왔다.

"나도 나 때문에 친구를 잃은 적이 있단다. 어릴 때 바로 저기 저 섬진강 다리 밑에서 멱을 감다가 물에 빠져 죽을 뻔했는데, 친구가 날 구해주었단다. 그런데 그 친구는 정작 날 구하고 자기는 그만 물에 빠져 죽고 말았단다."
그가 다시 내 손을 꼭 잡았다. 시인도 나도 죽은 친구 생각에 마음이 무너지고 있었다.
"흰물떼새가 왜 나를 위해 죽었을까요?"
"그건 너를 사랑했기 때문이야."
시인은 아무런 주저함 없이 아주 단정적으로 말했다.
"만난 지 하룻밤밖에 되지 않았어요. 그런데 그 짧은 시간에 어떻게 나를 사랑할 수 있겠어요?"
나는 시인의 말을 믿을 수 없다는 듯 고개를 흔들었다.
"푸른툭눈아, 사랑은 많은 시간을 필요로 하지 않아. 사랑은 순간이야. 첫눈에, 한순간에 반해서 사랑할 수 있단다."
"그래도 사랑에는 시간이 필요해요."
"그렇지. 그걸 부정하는 건 아니야. 그러나 어떻게 사랑하느냐, 얼마만큼 사랑하느냐가 더 중요해. 지금 흰물떼새의 사랑에는 시간이란 게 아무 소용이 없단다."
나는 흰물떼새가 보고 싶었다. 그의 사랑이 섬진강 물결처럼 내 가슴을 저미고 지나갔다.
"수십 년이 지난 지금도, 왜 그 친구가 나를 구하고 자기는 죽고 말았는지 깊게 생각해볼 때가 있어. 그런데 아무리 생각해보아도 그건 사랑 때문이야. 그 친구가 나를 진정 사랑했기 때문에 나를 구하고 자기는 죽은 거야. 그래서 난 사랑의 본질을 희생이라고 생각해. 희생 없는 사랑은 없어. 많은 이들이 희생할 줄 모르니까 사랑할 줄 모르게 되는 거야."

우리는 잠시 말을 마치고 서로의 눈동자를 쳐다보았다. 시인의 눈동자에 푸른 하늘이 머물고 있었다.

"아저씨, 아저씨 눈도 푸른툭눈이 되었어요."

내 말이 우스웠는지 그가 빙긋 미소를 띠었다.

"푸른툭눈, 너도 이제 사랑할 줄을 알아야 해. 어떤 이들은 사랑을 받을 줄만 알고 줄 줄은 몰라. 그러면 받고 있던 그 사랑마저도 결국 잃게 되고 말아."

시인의 미소 띤 얼굴은 내 마음을 편안하게 만들었다. 그의 미소를 통해 무엇이든지 궁금한 것을 물어볼 수 있을 것 같았다.

"아저씨, 왜 사랑에도 죽음이 있어야 하는지 모르겠어요."

나는 아직도 질문해야 할 것들이 많았다. 세상을 살아간다는 것은 수없이 질문을 해야 한다는 것이었다.

"그건 사랑의 가장 완성된 모습이 죽음을 통해서 이루어질 때가 많기 때문이야. 몇 해 전에 전주고등학교 일학년 학생들이 물에 빠진 초등학생들을 구하고 정작 자기들은 죽고 말았는데, 나는 그들을 통해 인간이 지닌 사랑의 가장 완성된 모습을 느낀 적이 있어. 사랑이 없으면 어떻게 그런 죽음이 있을 수 있겠니."

"그렇지만 죽음은 시작이 아니라 끝이잖아요?"

"아니야. 흰물떼새가 죽었다고 해서 너와의 관계가 끝난 것은 아니야. 이제 그 새는 너의 가슴속에 살아 있으면서 여전히 사랑의 관계 속에 놓여 있는 거야."

"모르겠어요. 어떻게 살아야 할지 모르겠어요. 처마 끝에 매달려 사는 삶보다 이렇게 날아다니며 사는 삶이 더 중요하다고 생각했는데, 지금 생각해보니 삶에 있어서 형식은 그리 중요한 게 아닌 것 같아요."

"어쩌면 그럴지도 몰라. 삶의 형식은 그리 중요한 게 아니야."

"그럼 무엇이 가장 중요한 것일까요?"

"그건 사랑하는 마음이야. 삶에는 사랑하는 이를 위해 자신의 모두를 바치는 것이 가장 중요해. 사랑이야말로 삶의 전부야."

섬호정 아래 대숲에 바람이 지나갔다. 나는 시인의 말을 조금은 이해할 수 있을 것 같았다.

대숲에 바람이 인다. 대숲에 이는 바람이 내 마음을 흔들고 지나간다. 사랑을 위해 자신의 모두를 바치고 간 흰물떼새를 위해 나는 오늘도 열심히 살아야 한다. 오늘 내가 사는 하루는 흰물떼새가 열심히 살아가야 할 내일이다.

"안녕! 시인 아저씨!"

나는 섬호정 댓돌 위에 시를 쓰는 아저씨 곁을 떠나 섬진강 철교 쪽으로 날아갔다.

얼마 기다리지 않아서 기차가 철교 위로 지나갔다. 얼른 기차에 몸을 실었다.

기차는 순천역과 대전역을 지나 서울역에서 숨을 멈

추고 더 이상 가지 않았다. 나는 기차가 가지 않는다고 해서 기차가 죽은 것이 아니라는 것 정도는 이미 알고 있었다.

서울역엔 라일락 향기가 가득했다. 서울역엔 많은 사람들이 마중 나와 있었다. 역에 도착하면 누군가 기다리고 있는 사람이 있다는 사실이 감동적이었다. 그들은 무거운 짐을 받아 들거나 서로 가볍게 포옹하고 길을 떠났다.

나를 기다리고 있는 이는 아무도 없었다. 어디로 가야 할지 알 수도 없었다. 그러나 새로운 만남에 대한 기대감 때문에 가슴은 마냥 부풀었다.

나는 라일락 향기가 나는 역전우체국 쪽으로 천천히 몸을 움직였다.

"저놈 잡아서 회 쳐 먹으면 좋겠군."

서부역으로 가는 육교 위에서 술을 먹고 있던 노숙자들이 나를 보고 소리쳤다.

나는 서울이 무서운 곳이라는 것을 직감했다. 곳곳에 위험이 도사리고 있다는 것을 알 수 있었다. 예전에 인사동 불교백화점에 살 때와는 전혀 다른 분위기였다. 그러나 이제 막연히 두려워할 필요는 없었다. 이미 나는 매의 공격과 흰물떼새의 죽음을 경험한 터였다.

나도 노숙자들처럼 염천교 아래 쓰레기통 옆에서 서

울의 첫날 밤을 보냈다. 눈물은 나지 않았다. 수색으로 잠자러 가는 기차의 불빛들은 따스했다. 빌딩과 빌딩 사이로 초승달이 떠오르면 서울의 밤도 아름다웠다.

나는 기차 구경을 하는 게 신이 나 염천교 아래에서 며칠 밤을 보냈다. 기차에 날개가 달려 하늘을 달린다면 밤하늘은 그 얼마나 아름다울까, 기차역이 하늘에 있어 사람들이 하늘에서 기차를 타고 내린다면 그 얼마나 재미있을까 하는 상상을 하는 것만으로도 하루해는 짧았다.

그런 어느 날이었다. 염천교 아래로 잿빛 비둘기 한 마리가 날아와 내게 말을 걸었다

"너, 시골에서 왔구나. 온 지 며칠 되지 않았지?"

비둘기는 부지런히 고개를 움직이면서 먹이를 찾았다.

"어떻게 알아?"

"난 네가 며칠째 염천교 밑에 있는 것을 보았어. 그렇게 기차만 쳐다본다고 해서 서울에서 살 수 있는 건 아니야. 서울에서는 부지런해야 살 수 있어."

"서울도 참 아름다워. 서울은 네가 있어서 더 아름다운 것 같아."

나는 딴청을 부리면서 비둘기를 칭찬했다.

"그런 소릴 가끔 들어. 그런데 서울에는 아름다움을 느끼지 못하는 환자들이 많아. 문제는 그런 환자들이 자

꾸 늘어난다는 거야."

비둘기는 나의 칭찬에 기분이 좋은지 말꼬리를 놓치지 않았다.

"난 서울시청 옥상에서 살아. 가끔 덕수궁이나 여기 서울역 광장까지 먹이를 찾으러 와. 그런데 넌 서울엔 왜 왔니?"

비둘기는 말을 하는 도중에도 모이가 눈에 띄면 사정없이 쪼아 먹었다.

"내 짝을 찾으러 왔어. 난 서울에서 진정한 내 짝을 찾고 싶어. 내가 기차를 타고 서울역에 내렸을 때 마중 나와 있는 그런 짝 말이야."

"짝을 찾기 위해서 서울까지 왔단 말이야?"

비둘기는 다소 의아한 표정을 지었다.

"그래, 난 진정한 내 짝을 찾기 위해서 멀리 화순 운주사에서 여기까지 날아왔어."

"글쎄, 서울에서 날아다니는 붕어를 만날 수 있을지 몰라. 서울에 오래 살아도 난 아직 너 같은 붕어는 본 적이 없어."

"진정으로 원하면 만날 수 있어. 난 그걸 알아."

"내가 보기에 넌 너무 순진해. 서울에 사는 나도 서울이 무서울 때가 한두 번이 아니야. 어쩌면 사람들은 널 잡아먹기를 좋아할 거야. 잘못하면 목숨을 잃을 수도 있어."

잿빛 비둘기는 몹시 걱정스럽다는 표정을 지으면서 오른발을 내게 보여주었다. 오른발에는 뜻밖에도 발가락이 하나밖에 남아 있지 않았다.

"이게 왜 이런지 알아? 사람들이 버려둔 나일론 빨랫줄에 발가락이 엉켜버렸기 때문이야. 피가 통하지 않아 결국 발가락이 썩어 떨어져 나가버렸어. 서울에 살려면 무엇보다도 비닐이나 끈 따위를 조심해야 해. 내 친구 중엔 비닐을 먹어 목구멍이 막혀 죽은 녀석도 있어."

비둘기와 이야기하는 동안 객실의 불을 끈 몇 대의 기차가 잠을 자러 수색을 향하여 천천히 달려갔다. 나는 그 기차가 오늘 밤 날개가 달려 이리저리 서울 하늘을 날아다닐 것이라고 생각했다. 그리고 이 서울 어딘가에 분명 나를 기다리고 있을 붕어 또한 있을 것이라고 생각했다.

염천교에서 노숙자와 같은 밤을 며칠 더 보낸 뒤 나는 서울역을 떠났다. 서울역에서는 내 진정한 짝을 만나기 어려울 것 같아 새벽에 인사동으로 날아갔다. 인사동은 내가 태어나 처음으로 살기 시작한 동네로 고향이라고 해도 과언이 아니다.

인사동은 토요일이라서 젊은이들로 들끓었다. 나는 젊은이들 사이를 누비며 이리저리 골목마다 기웃거렸다. '꽃을 던지고 싶다' '나의 남편은 나무꾼' '모깃불에 달 그슬릴라' 등의 술집과 찻집 이름들이 재미있어서 쿡쿡 웃음을 터뜨렸다.

길가에는 여러 가지 골동품을 길바닥에 펼쳐놓고 파

는 이들도 있었다. 거기에는 난생처음 보는 물건들이 지천이었다. 청동으로 만든 불두佛頭도 있고, 나막신도 있고, 숯불 다리미, 다듬잇방망이도 있었다. 나는 그중에서 조그만 나무 등잔 하나가 마음에 들었다. 그 등잔에 불을 켜고 지리산 청학동 아래 어느 초가집에서 밤새도록 시집을 읽고 싶었다.

나는 등잔이 보고 싶어 매일 인사동 거리로 나갔다. 그런데 하루는 어느 젊은 엄마가 유치원에 다니는 듯한 여자아이를 데리고 나타나 그 등잔을 사 가는 것이 아닌가. 나는 얼른 그들 뒤를 따라갔다. 그들은 안국역에서 지하철을 타고 대치역에서 내려 19동이라고 써진 은마아파트 안으로 들어갔다.

그날부터 나는 은마아파트 19동 앞 주차장 부근에서 살게 되었다. 주차장이 가까이 있어 차들이 매연을 내뿜을 때마다 숨쉬기가 답답했지만 등잔에 켜진 불빛을 보는 기쁨은 무척 컸다. 젊은 엄마는 자정이 넘어 사람들이 대부분 전깃불을 끄면 일어나 등잔불을 켰다. 그리고 살며시 시집을 꺼내 읽었다.

시집을 읽는 그녀의 모습은 내 마음을 평온하게 해주었다. 내가 생각한 것보다 인간이 아름다운 존재라고 생각된 것은 그녀의 그런 모습을 보고 난 뒤였다.

이제는 누구를 사랑하더라도
낙엽이 떨어질 때를 아는 사람을 사랑하라
이제는 누구를 사랑하더라도
낙엽이 왜 낮은 데로 떨어지는지를 아는 사람을 사랑하라
이제는 누구를 사랑하더라도
한 잎 낙엽으로 떨어질 수 있는 사람을 사랑하라
시월의 붉은 달이 지고
창밖에 따스한 불빛이 그리운 날
이제는 누구를 사랑하더라도
한 잎 낙엽으로 떨어져 썩을 수 있는 사람을 사랑하라
한 잎 낙엽으로 썩어
다시 봄을 기다리는 사람을 사랑하라

  나는 가끔 그녀가 읽는 시 〈이제는 누구를 사랑하더라도〉를 마음속으로 따라 읽곤 했다. 그러다가 이제 이 시를 거의 다 외울 정도가 되었다.
  물론 그녀의 아이와도 친해졌다. 아이는 은마유치원에 입학한 지 한 달이 채 되지 않았으며, 이름은 정다솜이었다. 다솜이의 세상은 언제나 꽃 같은 아름다움으로 가득 차 있었다.

나는 다솜이가 유치원에서 돌아오는 시간이면 일찌감치 아파트 입구까지 마중 나가 다솜이를 기다렸다. 물론 다솜이도 나를 기다렸다. 우리는 그 누구보다도 친한 친구가 되었다. 다솜이가 유치원에서 돌아와 피아노학원에 가기 전까지 내가 다솜이 머리 위에 앉아 놀 때도 있었다.

다솜이가 피아노학원으로 가는 길가에는 군데군데 노란 민들레가 피어 있었다. 다솜이는 누구보다도 민들레를 좋아했다.

그날도 다솜이가 유치원에서 돌아와 나랑 놀다가 피아노학원에 가는 길이었다.

"어머나, 여기에 민들레가 피었네!"

다솜이가 횡단보도를 건너가다가 길 한가운데 피어 있는 민들레 한 송이를 발견하고 걸음을 멈추었다.

민들레는 균열된 아스팔트 틈 사이로 이제 막 꽃을 피우고 있었다. 참으로 놀라운 일이었다. 민들레가 도로 한가운데 피어 있다는 것도 놀라운 일이지만, 그때까지 그 누구에게도 밟히지 않고 그대로 생생하게 피어 있다는 것 또한 놀라운 일이었다.

다솜이는 잠깐 민들레를 들여다보다가 길을 건넜다. 그런데 푸른 신호등이 붉은 신호등으로 막 바뀌기 직전이었다. 무슨 생각이 들었는지 갑자기 다솜이가 몸을 돌려 민들레를 향해 뛰어갔다.

"다솜아, 위험해!"

나는 엉겁결에 다솜이를 향해 소리쳤다.

다솜이는 내 말이 들리지 않는지 민들레가 있는 데까지 급히 달려가 민들레를 뿌리째 뽑았다. 그런데 그때 신호등이 바뀌고, 액셀러레이터를 밟은 트럭 한 대가 미처 다솜이를 발견하지 못하고 앞으로 달려갔다.

다솜이는 그 자리에서 쓰러졌다. 사람들이 우르르 다솜이를 향해 달려갔다. 나는 플라타너스 나뭇가지에 앉아 다솜이가 쓰러지는 모습을 하나도 빼놓지 않고 다 지켜보았다.

다솜이는 그 작은 손에 민들레를 움켜쥔 채 구급차에 실려 급히 병원 응급실로 실려 갔다. 다솜이는 하루가 지나도 이틀이 지나도 의식을 회복하지 못했다. 가끔 무의식중에 "엄마, 민들레!" 하고 민들레만 찾았다. 그러다가 열흘 뒤에 병원에서 숨을 거뒀다.

다솜이 엄마는 다솜이의 무덤에 민들레를 심으면서 슬피 울었다. 어린 딸의 무덤에 민들레를 심는 다솜이 엄마를 보고 눈물을 흘리지 않는 이가 없었다. 내가 인간을 위해 눈물을 흘린 것도 그때가 처음이었다.

다솜이는 한 송이 민들레를 살리기 위해 자기 목숨을 버린 거였다. 달려오는 자동차에 민들레가 깔려 죽게 되는 것을 다솜이는 가만히 보고만 있을 수 없었던 것이다.

나는 그런 다솜이의 마음을 이해할 수 있을 것 같았다. 흰물떼새가 나를 위해 자기 목숨을 바쳤듯이 다솜이도 한 송이 민들레를 위해 자기 목숨을 바친 거였다.

그러나 나는 슬펐다. 신이 원망스러웠다. 왜 진정한 사랑에는 죽음이 따르게 되는 것인지 신의 행동이 원망스러웠다.

그러나 어느 날 다솜이가 말했다. 이제 막 내 가슴속에서 살기 시작한 다솜이가 맑은 미소를 띠면서 내게 말했다.

―너무 슬퍼하지 마세요. 사랑은 죽음보다 강하대요. 사랑을 위해서는 자신의 모두를 바쳐야 된대요.

오랫동안 다솜이가 없는 은마아파트 19동 주차장 부근에서 밤을 지샜다. 다솜이 엄마는 밤이 깊어도 등잔불을 켜지 않았다. 손가락에 침을 묻히며 밤새워 시집의 책장을 넘기는 소리도 들리지 않았다.

등잔불이 켜지지 않는 밤은 쓸쓸했다. 그러나 다솜이 엄마의 등잔불이 켜질 때까지 그곳을 떠나고 싶지 않았다.

나는 밤마다 등잔불이 다시 켜지기를 기다리며 다솜이가 내게 다시 한번 깨닫게 해준 사랑의 본질에 대해서 생각했다. 사랑은 이렇게 평범한 일상 속에서 희생을 수반하는 것이라는 것을, 희생이 바탕이 되지 않은 사랑은 사상누각砂上樓閣에 불과하다는 것을 다시 한번 깊게 생각했다.

 그런 생각 때문이었을까. 다솜이의 죽음을 경험한 이후, 검은툭눈의 얼굴이 자꾸 떠올랐다. 비록 혼자 있지만 풍경 소리는 잘 내고 있는지, 스님들에게 혹시 꾸지람은 듣지 않는지 은근히 걱정이 되었다.

 나는 그런 나 자신이 무척 놀라웠다. 아직도 내게 검은툭눈을 생각하는 마음이 남아 있다고 생각되자 문득 먼동이 트듯 마음 한구석이 환하게 밝아왔다.

 다솜이가 죽은 지 일 년이 지났다. 세상에는 다시 여기저기 민들레가 피어났다. 은마아파트 19동 주차장 앞에도 민들레가 노랗게 피어나 미소를 지었다.

 민들레를 보자 다솜이를 만난 듯 반가웠다. 민들레가 피자 다솜이 엄마의 등잔에 불이 켜졌다. 밤이 깊으면 다시 시집의 책장을 넘기는 소리가 들렸다. 짧은 시간이었지만 시간은 슬픔을 위로하고 잊게 해주는 힘이 있었다.

 나는 민들레 꽃씨가 하얗게 바람에 날릴 때 은마아파트를 떠났다. 진정한 내 사랑을 찾아 길을 떠났다. 어디로 가야 할지 두려워할 필요는 없었다. 죽음이 있는 곳에 삶이 있듯이 길이 끝나는 곳에 다시 길은 있었다. 이제는 내가 사랑을 받기보다, 내가 누군가를 사랑하고 싶었다.

은마아파트 가까이에 있는 대치역에서 수서행 지하철을 탔다. 땅속을 달리는 기차를 타면 그 얼마나 답답할까 하는 생각을 하면서 지하철을 탔으나 뜻밖에도 그리 답답하지 않았다. 오히려 허겁지겁 화살표를 따라가는 사람들의 모습이 재미있었다. 나도 허겁지겁 승객들의 뒤를 따라갔다. 사람들을 따라 나도 수서에서 다시 분당행 지하철로 갈아탔다.

내가 내린 곳은 초림역이었다. 역 이름이 너무나 어여뻤다. "다음 정차할 역은 초림역입니다" 하는 역무원의 안내방송을 듣는 순간, 초림역에 내리면 넓은 들판이 있고, 그 들판 끝에 푸른 숲이 우거져 있지 않을까 하는 생각이 들어 문이 닫히기 직전에 얼른 내렸다.

그러나 초림역 역시 나무들의 숲이 아니라 아파트들의 숲이었다. 나는 적이 실망스러웠지만 아파트 사잇길로 난 길을 날았다.

바람이 불었다. 초림에서도 바람은 민들레 꽃씨를 날리고 있었다. 나는 민들레 꽃씨가 날아가는 곳을 따라 공중을 날았다. 그리고 민들레 꽃씨가 내려앉은 곳에 나도 사뿐히 내려앉았다.

그곳엔 리어카 한 대를 둘러싸고 사람들이 모여 무엇인가 열심히 먹고 있었다. 사람들 중에는 다솜이와 같은 어린아이들도 있었고, 임산부인 듯한 어른들도 있었다.
나는 좀 더 고개를 치켜들고 그곳을 쳐다보았다. 그곳엔 '찹쌀붕어빵'이라고 서투르게 쓴 글씨가 보였고, 그 앞에 있는 화덕의 철사 위에는 붕어들이 나란히 앉아 말이 없었다.

나는 처음에 그들이 붕어일 리 없다는 생각이 들었다. 그러나 그들은 분명 붕어였다. 비늘이 촘촘히 박힌 가슴, 툭 튀어나온 원형의 눈, 두 갈래로 크게 갈라진 꼬리와 지느러미 등은 영락없이 붕어의 특징을 잘 나타내고 있었다.

"너희들 여기서 뭐 하니?"

나는 반가운 마음에 얼른 그들 옆으로 날아가 앉았다. 순간, 화덕에서 뿜어져 나오는 열기가 무척 뜨거웠다.

"너희들, 이 뜨거운 데 앉아서 도대체 뭐 하는 거야?"

나는 뜨거움을 참기 위해 몸을 꼼지락거리면서 바로 옆에 있는 붕어들에게 말을 붙였다.

그들은 화덕의 열기 따위는 아무렇지도 않다는 듯 그대로 꼼짝 않고 가만히 앉은 채 입을 열었다.

"우린 붕어가 아니라 붕어빵이야."

"붕어빵이라니?"

"사람들이 먹는 빵이야."

"아니야, 붕어야. 난 너희들을 얼마나 찾아다녔는지 몰라. 난 전라도 화순 땅에 있는 운주사에서 살다가 서울로 왔는데, 서울에 와서 붕어를 만난 건 너희들이 처음이야. 정말 반가워."

나는 반가움에 가슴이 뛰었다. 화덕이 뜨겁지만 않다면 화덕 위에서 그들의 손을 맞잡고 춤이라도 추고 싶었다.

"아니야, 네가 잘못 안 거야. 붕어와 붕어빵은 달라. 우리는 붕어가 아니야."

그들은 자신들이 붕어가 아니라고 계속 주장했다. 그러나 내 생각은 달랐다.

"아무튼 반가워. 붕어빵이라 하더라도 아무튼 넌 붕어임에는 틀림없어. 그렇지 않으면 왜 그런 이름이 붙었겠니?"

"하긴 그래. 그 말을 듣고 보니까 또 그렇군."

그제서야 그들 중 몇 명이 고개를 끄덕거리면서 내게 미소를 보냈다. 그러나 그 미소는 곧 안타까움으로 변했다.

"넌 여기 있으면 안 돼. 빨리 도망가."

"왜?"

"넌 날개가 달린 걸 보니 아주 특별한 붕어구나. 빨리 도망가. 사람들을 무서워해야 해."

그들은 이구동성異口同聲으로 빨리 도망가라고 소리쳤다.

그때였다. 내가 미처 그들의 말을 이해하지 못하고 있는 사이에 참으로 놀라운 광경이 벌어졌다. 나보고 빨리 도망가라고 하던 붕어 하나가 사람의 손에 집히더니 곧 베어 먹히기 시작했다. 처음에는 꼬리 부분부터 베어 먹히더니 곧 가슴에서 머리까지 이어져 나중에는 몸 전체가 몽땅 사람의 입속으로 들어가버리고 말았다.

참으로 순식간의 일이었다. 그래도 다른 붕어들은 도망갈 생각을 하지 않고 오히려 나보고 도망가라고 재촉했다.

"저것 봐, 저렇다니까. 빨리 도망가. 뭐 하고 있어?"

"너희들도 도망가. 너희들은 왜 도망가지 않고 이렇게 가만히 앉아만 있는 거야?"

"우린 태어나자마자 죽을 운명이야. 사람의 입속으로 들어가기 위해, 사람에게 먹히기 위해 태어난 거야. 이게 우리의 삶의 전부야. 그러니까 너무 걱정하지 마."

그 말을 한 붕어도 말이 채 끝나기도 전에 한 소녀의 손에 집히더니 금방 온몸이 먹혀버리고 말았다.

그렇게 붕어들은 한 마리 두 마리 사람에 의해 금방금방 사라져갔다.

"뭐 해? 빨리 도망가. 안 그러면 너도 죽어!"

그들은 연방 몸이 잘리면서도 나에게 빨리 도망가라고 소리쳤다.

나는 잠시 도망갈 힘을 잃었다. 찹쌀붕어들의 죽음을 본 충격은 컸다. 태어나자마자 사람들의 입속으로 들어가 끝내고 마는 짧은 삶이란 도대체 무엇을 의미한단 말인가.

"어머, 이 붕어는 좀 특이하네. 참 맛있겠다."

그때 손톱에 붉게 매니큐어를 칠한 한 여자가 나를 집어 들었다. 그녀는 붕어의 고통 따위와는 아무런 상관이 없다는 듯 계속 입을 오물거리며 입맛을 다시고 있었다.

나는 그녀가 나를 막 입속으로 집어넣으려는 찰나 힘차게 꼬리를 뒤치며 화덕에서 멀리 날아올랐다. 내가 하늘로 날아오르리라고는 미처 생각하지 못한 그녀가 멍하니 놀란 표정을 하고 나를 쳐다보았다.

나는 계속 하늘로 날아올랐다. 흰 구름이 머리 위를 스쳐 지나갔다. 눈물이 핑 돌았다. 죽어가면서도 나에게 빨리 도망가라고 소리치던 찹쌀붕어들의 모습이 자꾸 떠올랐다.

그들은 왜 나에게 그렇게 소리쳤을까. 그것은 무엇 때문이었을까. 그것 또한 사랑이 아니었을까.

지금 당장 사랑하라. 내일로 미루지 말라.

찹쌀붕어들은 사랑에 대하여 그런 생각을 하고 있었던 것이 틀림없었다. 만일에 찹쌀붕어들이 지금 당장 나를 사랑하지 않고 내일로 미루었다면 나는 지금 어떻게 되었을까. 그만 그 여자의 입속에 들어가 쩝쩝 입맛 다시는 소리를 들으며 죽고 말았을 것이 아닌가.

사랑은 말하기 쉽고 노래하기 쉽지만 실천하기는 쉽지 않다. 그러나 찹쌀붕어들은 그 절체절명絕體絕命의 순간에도 즉시 나를 사랑했다.

사랑해야 할 이들을 항상 즉시 사랑하라. 내일로 미루지 말라.

나는 이 말을 찹쌀붕어들이 나에게 준 삶의 교훈이라고 생각하며 하늘을 날았다.

어느새 분당 신도시를 벗어나 있었다. 눈 아래로 국도가 나오고 차들이 지나갔다. 밭두렁에 피어 있는 망초꽃과 제비꽃 위에 조금씩 어둠이 깃들고 있었다.

얼마나 날았을까. 산 아래에 나를 유혹하는 찬란한 불빛이 보였다.

급히 그 불빛을 향해 날아갔다. 그것은 '곤지암 식당'이라는 간판을 치장한 네온사인의 불빛이었다. 그런데 한 가지 특이한 것은 그 간판에 번쩍거리는 불빛으로 이루어진 붕어가 한 마리 살고 있다는 점이었다. '붕어찜' '붕어튀김'이라는 글씨 옆에 붉은빛으로 이루어진 붕어가 가끔 꼬리를 치켰다 내렸다 하고 있었다. 나는 왠지 그 붕어를 보자 가슴이 두근거렸다.

사랑하려면 지금 즉시 사랑하라.

나는 이 말을 떠올리며 천천히 불빛 붕어 가까이 다가갔다.

"넌 참 예쁘구나. 너무 찬란해. 눈이 부실 지경이야. 너처럼 예쁜 붕어는 처음 봤어."

나는 가까이 다가가자마자 내 마음을 고백했다.

"난 푸른툭눈이야. 너도 눈이 푸르구나. 우린 아마 언

젠가 한 번 만난 적이 있을 거야."

 나는 그가 더욱 사랑스럽게 느껴져 그에게 더 가까이 다가갔다.

 그러자 꼬리를 치켜세우면서 그가 냉정하게 소리쳤다.

 "가까이 오지 마. 여긴 네가 올 데가 못 돼. 빨리 가."

 "빨리 가라니? 그런 섭섭한 말이 어디 있니? 그러지 마. 우리 얘기 좀 해."

 나는 간판 위에 살짝 앉아 애정을 듬뿍 담은 눈길을 그에게 보냈다.

 "빨리 돌아가라니까."

 그는 참으로 한심하다는 듯한 눈길로 나를 쳐다보았다.

 "여긴 붕어들의 도살장이야. 붕어들이 처참하게 죽어가는 곳이야. 그러니 잡혀 죽기 전에 빨리 돌아가."

 나는 그의 말이 믿어지지 않았다. 공연히 내가 마음에 들지 않아서 그런 말을 하는 게 아닌가 하는 생각이 들었다.

 "거짓말하지 마. 우리 얘기 좀 해. 난 너처럼 한눈에 나를 사로잡아버리는 붕어를 만나기 위해 멀리 화순 운주사에서 왔어."

 "다시 한번 말하지만 빨리 돌아가. 난 아무도 사랑하지 않아. 난 사랑을 위해 이렇게 네온으로 빛나는 게 아니야. 붕어들이 살기엔 이 세상이 너무 위험해. 내 말을 안 들었다가 어떤 불상사가 일어나도 날 원망하지 마."

그는 냉정했다. 꼬리를 착 내리면서 아예 나를 쳐다보지도 않았다.

나는 그곳을 빨리 떠나고 싶지 않았다. 찬란한 불빛 붕어에게 첫눈에 반해버린 탓인지 그와의 만남을 아무런 의미 없는 만남으로 만들고 싶지 않았다. 어떤 위험과 시련이 닥쳐온다 하더라도 넉넉히 이겨낼 수 있을 것 같았다.

나는 간판에서 내려와 문틈으로 '곤지암 식당' 안을 살며시 들여다보았다. 식당 안에는 열댓 명의 사람들이 끼리끼리 식탁에 앉아 맛있게 저녁을 먹고 있었다. 어디를 둘러보아도 방 안의 불빛도 밝고, 붕어들의 도살장 같지가 않았다. 벽에는 몇 가지 그림도 걸려 있었는데, 밀레의 '만종' 그림이 유난히 눈에 띄었다. 추수를 끝낸 가을 들판에서 농부 두 사람이 저녁 종소리를 들으며 고개 숙여 기도하고 있는 모습은 웬일인지 내 가슴을 뭉클하게 만들었다.

아, 그런데 너무 그림에 넋을 빼앗긴 탓이었을까. 나는 그만 누가 내 몸통을 두 손으로 힘껏 움켜쥐는 것을 알지 못했다. 내가 주인 남자의 손에 힘껏 움켜잡혔다는 것을 알아차린 순간은 이미 도망가기에는 늦은 때였다.

"이놈의 자식, 주방에 안 있고, 왜 여기 나와서 그래?"

나는 지청구를 들으며 주방 안으로 잡혀가 커다란 플라스틱 물통 속에 내동댕이쳐졌다. 눈앞이 아찔했다. 불빛 붕어의 충고를 듣지 않은 일이 뼈저리게 후회되었다. 나도 모르게 "난 물고기가 아니야, 새야!" 하고 소리치면서 날개를 마구 퍼덕거렸다. 아무도 내 말을 들어주는 이가 없었다. "도망가는 놈이 없게 아예 뚜껑을 닫아둬야지" 하는 주인 남자의 목소리가 들리고, 곧이어 "꽝!" 하고 뚜껑 닫히는 소리만 들렸다.

플라스틱 물통 안은 캄캄했다. 날아보려는 시도조차 할 수 없었다. 이제 여기에서 나의 날아다니는 삶은 끝나는구나 하는 생각이 들자 눈물이 핑 돌았다. 검은툭눈의 슬퍼하는 얼굴이 떠오르고, 와불님의 걱정스러워하는 얼굴이 떠올랐다.

나는 만용을 부린 거였다. 불빛 붕어의 충고를 들었어야 옳았다. 붕어가 살기엔 이 세상이 너무나 무섭고 위험하다는 것을 인정했어야 했다.

나는 나 자신이 너무나 원망스러워 눈물이 그치지 않았다.

"너무 울지 마."

그때 누가 낮은 목소리로 내게 위로하는 말을 했다.

그제서야 고개를 들고 찬찬히 주위를 둘러보았다. 그곳엔 나보다 먼저 잡혀 온 붕어들로 들끓었다. 사람들 손바닥보다 크거나 작거나 한 붕어 수십 마리가 숨을 헐떡거리고 있었다. 물의 양에 비해 붕어가 너무 많아 붕어들의 지옥이 따로 없었다.

"나는 곤지암 저수지에 살던 참붕어야. 너무 울지 마. 이제 운다고 해결될 일은 아무것도 없어. 우리는 이제 서로를 위로하는 일만 남았어. 서로 위로하는 가운데 죽음을 받아들여야 해. 다들 처음엔 받아들이지 못하고 분노하게 되지. 신을 원망하게 되기도 하고. 그러다가 차차 이렇게 죽게 되었다는 지금 이 현실을 받아들이게 돼. 아마 너도 그렇게 될 거야."

참붕어의 말에 뭐라고 대답해야 할지 알 수 없었다. 내가 생각해도 나 자신이 너무나 초라해 그저 입을 다물고 눈만 끔벅거렸다.

"그동안 좋았던 일들만 생각해. 그리고 사랑했던 이들도……."

참붕어가 가만히 다가와 내 어깨를 토닥거렸다.

글쎄, 내 생애에 가장 좋았던 일은 무엇이었을까. 새끼 제비를 구하고 하늘을 날게 된 일이 가장 좋았던 일이었을까. 처음으로 풍경 소리를 낼 때 운주사 스님들이 모두 달려 나와 고요히 탄성을 지르던 일이었을까.

사랑했던 이라면 아무래도 검은툭눈을 떠올릴 수밖에 없었다. 그리고 늘 내게 가르침을 주시던 와불님과 나를 위하여 자기 목숨을 버린 흰물떼새와 찹쌀붕어빵들을…….

"그리고 내가 잘못했던 이들에 대해 용서를 빌어."

참붕어가 계속 내 어깨를 토닥거렸다. 참붕어의 희고 맑은 얼굴이 어둠 속에서도 희미하게 보였다.

너를 사랑하지 않았던 건 아니야. 난 매달려 사는 삶이 싫었던 거야. 너를 떠나온 나를 용서해줘.

마음속으로 검은툭눈에게 용서를 빌었다. 그러자 마음이 좀 편안해졌다. 피할 수 없는 것이 죽음이라면 이제는 받아들이는 수밖에 없다는 생각이 들었다.

"그럼 앞으로 어떻게 되는 거니? 난 어떻게 될까?"

죽음을 받아들이긴 했으나 앞으로 어떤 일이 벌어질지 궁금했다. 이대로 죽을 수는 없지 않은가 하는 생각 또한 슬며시 고개를 내밀었다.

"이제 곧 알게 될 거야. 기름에 튀겨지게 되거나, 독한 양념을 온몸에 바르고 뜨거운 김에 화상당하면서 서서히 죽어가게 될 거야. 이 집이 붕어요리 전문점이거든."

나는 그제서야 네온사인에 쓰여 있던 '붕어찜' '붕어튀김'이라는 두 낱말이 무엇을 뜻하는지 알 수 있었다.

갑자기 물통의 뚜껑이 쓱 열린 것은 그때였다. 느닷없이 물통 속으로 작은 그물망을 쥔 요리사의 손이 쑥 들어오더니 나와 이야기를 하고 있던 참붕어를 건져 올렸다.

"안녕! 나중에 하늘나라에서 만나!"

참붕어는 그 말도 채 끝내지 못하고 주방의 요리대 위에 나동그라졌다.

나는 요리사가 물통의 뚜껑을 닫지 않았으나 도망갈 엄두를 내지 못했다. 겨우 뚜껑 밖으로 고개만 조금 내밀고 주방 안을 살펴보았다.

요리대 위에서 참붕어는 마지막 몸부림을 치고 있었다. 참붕어는 몸을 활처럼 휘었다가 다시 펴는 동작을 되풀이하고 있었다. 그러다가 곧 그런 동작도 할 수 없게 되었다.

요리사는 참붕어의 머리에다 헝겊을 씌우고 몸에는 적당히 반죽한 밀가루를 발랐다. 그러고는 밀가루를 바른 몸 부분만 펄펄 끓는 식용유 속에 슬쩍 집어넣었다.

세상에!

나는 놀라 입을 딱 벌리고 다물지 못했다. 참붕어는 식용유 속에 들어가자마자 지글지글 기름에 튀겨지는 소리를 내었다.

불빛 붕어가 말한 대로 참으로 처참한 풍경이었다. 붕어들의 도살장이라는 말은 정말 맞는 말이었다.

참붕어는 곧 노릇노릇하게 튀겨졌다. 요리사는 참붕어를 꺼내 친친 머리에 감싼 헝겊을 풀었다. 아, 몸은 튀겨졌으나 참붕어의 머리 부분은 아직 그대로 있었다. 마치 살아 있는 것처럼 나를 향해 눈을 끔벅거렸다.

나는 눈물이 났다. 요리사가 커다란 꽃무늬 접시에 참붕어를 얹어 손님상에 내보내는 것을 끝까지 지켜볼 수가 없었다.

애써 물통 밖으로 내밀었던 고개를 다시 물통 속에 집어넣었다. 이제 살고 싶다는 생각은 없었다. 하나둘 다른 붕어들이 참붕어처럼 그렇게 죽어가는 것을 보자 살아야겠다는 의욕조차 일지 않았다. 이게 내 죽음의 형태라면 이대로 죽어도 좋다 싶었다. 그토록 날아다니는 삶을 꿈꾸었으나, 그 꿈의 결과가 이렇게 허망하다면 그대로 받아들이는 수밖에 없었다.

나는 요리사에 의해 내가 죽을 차례를 기다렸다.

곧 내 차례가 다가왔다.

이번에는 손님들에게 주문을 받던 주인 여자가 물통 속으로 그물망을 쑥 집어넣었다. 굳이 피하지 않은 탓인지 이번에는 내가 그물망에 걸려들었다.

"9번 테이블 손님이 물 좋은 놈으로 해달라고 하던데, 어디 보자아, 물이 좋은가."

주인 여자는 특별히 손님의 부탁을 받고 왔다면서 유심히 나를 살펴보다가 화들짝 놀란 표정을 지었다.

"아니, 이 붕어는 지느러미가 왜 이렇게 크지?"

그녀는 다시 한번 이리저리 그물망을 돌려가면서 나를 살펴보았다.

"아니, 이거 지느러미가 아니라 날개잖아. 날개 달린 붕어야. 세상에! 지금까지 십 년 넘게 이 장사를 해왔지만 이런 붕어는 처음 보네. 여보, 이리 좀 와봐요, 여보!"

그녀는 무슨 큰일이라도 난 듯 호들갑을 떨면서 주인 남자를 불렀다.

요리사를 도와 주방 일을 돕던 주인 남자가 어디 불이라도 난 줄 알고 급히 달려왔다.

"왜 그래? 무슨 일이야?"

"여보, 이것 좀 보세요. 이게 지느러미가 아니라 날개예요, 날개!"

"날개라니? 붕어한테 무슨 날개가 있다고 그래?"

"있어요. 이것 봐요. 여기 날개가 달렸잖아요."

주인 여자가 내 날개를 쭉 펼쳐 보였다. 주인 남자가

미심쩍다는 듯 이리저리 내 날개를 만지작거리더니 갑자기 또또복권에라도 당첨된 듯 펄쩍 뛰는 시늉을 내었다.

"우와, 이건 돌연변이야. 누구는 흰 송아지가 태어나서 떼돈을 벌었다더니, 나는 날개 달린 붕어 때문에 떼돈 벌겠네. 어쩐지 올해 토정비결土亭祕訣이 좋더라니, 나라고 어디 그냥 지나가라는 법이 있나."

주인 남자는 너무 기분이 좋은 탓인지 피우던 담배도 중간에서 꺼버리고 어쩔 줄 몰라했다.

"이 붕어는 아주 특별히 비싼 값을 받아야 돼. 열 배? 아니지, 스무 배, 백 배는 받아야 돼. 그렇지 않으면 잡지를 마. 아예 손님상에 내놓지를 마."

주인 남자는 돈 벌 생각에 입에 침을 튀겨가며 신이 나서 말했다.

"여보, 거 왜 남서울골프장 박회장님 있잖아. 그 회장님한테 전화 한번 해봐. 정력에 좋은 물건이 있으니까 내일 한번 들르시라고 해. 정력에는 최고라고 해."

주인 남자는 연거푸 떠들어대는 반면 주인 여자는 그래도 좀 차분한 데가 있었다. 그녀는 한참 동안 나를 쳐다보며 뭔가 곰곰 생각하더니 천천히 입을 떼었다.

"여보, 그럴 게 아니라, 그것보다는, 손님들한테 구경을 시켜요. 손님들한테 희귀종이 있다고 소문나면 다들 구경하러 올 거 아니에요. 그러면 자연히 매상도 오르잖아요."

"쓸데없는 소리. 그러다가 이놈이 죽기라도 한다면 다 도로아미타불이야. 이런 생물들은 살아 있을 때 해치우는 거야. 당신 이 장사 어디 한두 번 해봤어?"

주인 남자는 단호했다. 내가 살아 있을 때 비싼 값에 팔아치워야 한다는 그의 주장이 어쩌면 맞는 말인지도 몰랐다. 그러나 주인 여자는 무슨 생각이 들어서인지 한참 더 주의 깊게 나를 살펴보더니 더럭 겁먹은 표정을 지었다.

"여보, 그러지 말고, 우리 이 붕어는 그냥 살려줍시다."

"아니, 왜에? 그게 무슨 소리야?"

"글쎄요, 이건 내 생각인데요. 이 붕어를 잡아먹으면 우리가 벌받을 것 같아요. 당신은 길조라고 하지만, 그게 아니고 흉조일 수도 있어요."

"어허, 쓸데없는 소리. 다 된 밥에 재 뿌리는 소리는 아예 하지를 마."

"아니에요. 내 말이 맞아요. 이 붕어는 아주 영험해 보여요. 내게 그런 기운이 느껴져요. 이런 붕어를 죽였다가 우리가 무슨 일을 당할지 알 수 없어요."

"당하긴 무슨 일을 당한단 말이야? 이까짓 붕어가 뭐

라고. 아주 비싼 값으로 팔아버리면 그만이야."

　나는 그들 주인 부부의 대화를 묵묵히 듣고만 있었다. 나의 운명이 걸려 있는 대화였지만 꼭 남의 운명에 관한 대화를 듣고 있는 것 같았다.

　"여보, 내일이 초파일이에요. 그러니 이 기회에 이 붕어를 살려주고, 그동안 우리가 죽인 붕어들에게 속죄하는 마음을 가집시다."

　"아니야. 돈 많이 받을 거야. 그런 소리 하지 마."

　"여보, 도살장에 가면 수혼비獸魂碑가 서 있어요. 한 해에 한 번은 수혼비 앞에서 죽은 소들을 위해 제사를 지내준대요. 어디 그뿐인 줄 아세요? 비단실을 짜는 잠사 공장에 한번 가보세요. 거기에는 누에들의 영혼을 위로하는 잠령비蠶靈碑를 세워놨어요. 거기서도 죽은 누에들을 위해 일 년에 한 번씩 제사를 지낸대요. 우리는 붕어들을 위해 제사는 못 지낼망정 이런 날개 달린 붕어는 살려줘야 해요. 어쩌면 하늘이 보낸 붕어인 줄도 몰라요. 우리를 시험하기 위해서 말이에요. 생각해보면 우리 식구들을 이만큼 먹여 살리는 붕어들이 고맙기도 하잖아요."

　주인 남자는 뭔가 하고 싶은 말이 있다는 듯 입을 비쭉거리다가 더 이상 대꾸가 없었다. 아내의 말이 어쩌면 옳은 말인지도 모른다는 생각을 한 탓인지 담배를 한 대 꺼내 피우며 입을 열었다.

"아, 알았어, 알았어. 당신이 알아서 해. 튀겨 먹든지 살려주든지 당신 맘대로 해."

결국 주인 남자는 아내의 말에 설득당했다.

그 덕분에 다음 날 아침, 나는 초파일 방생대회가 벌어지는 여주 남한강가로 나가 방생되었다.

강물 속이 하늘 속보다 더 아늑하다. 그동안 물속에 사는 물고기라는 사실을 잊고 있어서인지, 강물 속이 더없이 아늑하고 포근하다.

나는 이리저리 수초 사이를 헤집고 강물 속을 돌아다녔다. 플라스틱 물병이나 음료수 캔 따위가 수초 사이로 가끔 떠다니는 게 보였으나 상관하지 않았다. 날아다니는 삶만이 삶이 아니라, 물속을 헤엄쳐 다니는 삶도 소중한 또 하나의 삶이었다.

"멀리 가서 오래오래 잘 살아라. 다시는 잡히지 말고잉."

방생할 때 주인 여자가 내게 한 말을 생각하면서 나

는 그녀에게 감사했다. 아니, 나에게 그런 죽음의 고통을 경험하게 해주신 신에게 감사했다. 신이 나에게 그런 고통을 주신 것은 그만큼 나를 사랑하기 때문이며, 내가 고통을 느낄 때 신도 함께 고통을 느낄 것이라는 생각을 하며 계속 강물을 따라 헤엄쳤다.

강물은 여전히 아늑하고 포근했다. 누가 내 뒤를 따라오는가 싶더니 톡톡 내 꼬리를 건드렸다. 누굴까 하고, 잠시 헤엄치기를 멈추고 뒤돌아보았다. 여주 신륵사 부근 강가에서 나와 함께 방생된 자라와 거북이들이었다.

"안녕, 붕어야. 같이 가."

급히 내 뒤를 따라오는 그들은 너무나 작았다. 어떤 것은 사람 새끼손가락만 한 것도 있었다.

나는 그들과 앞서거니 뒤서거니 장난을 치면서 강물을 따라갔다. 그런데 참으로 이상한 일이었다. 물속에 햇살이 밝게 비칠 때 그들의 등에 '소원성취' '합격기원' '남북통일' '박순자' 등의 이상한 글자가 쓰여 있는 게 보였다. 그 글자들은 검은 매직펜으로 쓰여 있어 흉측스러웠다. 그러나 자라나 어린 거북들은 그런 글자 따위는 아무렇지도 않다는 듯 강물 속을 이리저리 휘젓고 다녔다.

"아휴, 인간들이란……."

나는 나도 모르게 인간을 능멸하는 말을 뱉고 말았다.

한 마리 개는 물체를 보고 짖고, 백 마리 개는 그 소리를 따라 짖는다는데, 오늘을 사는 인간들이 꼭 그런 것 같았다.

나는 한 마리 개가 될지언정 백 마리의 개는 되고 싶지 않다는 생각을 하면서 강물을 따라 흘러갔다. 가능한 한 강물의 중심을 따라 흘러갔다. 나를 살려준 주인 여자의 말대로 어디론가 멀리멀리 떠나고 싶어서였다.

강물을 따라 흐르는 동안 봄이 지나고 여름이 다가왔다. 한 달도 넘게 비 한 방울 오지 않고 땡볕이 뜨겁게 내리쬐었다. 강물은 뜨겁게 달아오르고, 달아오른 만큼 또한 줄어들었다. 나는 강바닥으로 깊게깊게 가라앉아 가며 흘렀다.

그렇게 강물을 따라 흐른 지 얼마나 되었을까.

불현듯 내가 흐르지 않고 고여 있다는 생각이 들었다. 나는 천천히 물 밖으로 고개를 내밀었다. 과연 그곳은 강물이 흐르는 곳이 아니라, 강물이 흘러들어 모여 있는 저수지였다. 그동안 나는 강의 큰 중심에서 벗어나 어느새 작은 시내를 따라 저수지로 흘러든 것이었다.

야트막한 저수지 둑 아래로는 갈대들이 무성했다. 마침 해가 지고 있어서 갈댓잎 사이로 지는 저녁 해가 눈이 부셨다. 그러나 갈대의 발밑에는 곳곳에 쓰레기가 버려져 있었다. '쓰레기는 가져가시오' '이곳에 쓰레기를 무단 투기 하는 자는 엄벌에 처함' 등의 글씨가 쓰인 경고판이 서 있었으나, 그 경고판 밑에 오히려 쓰레기봉투가 수북이 쌓여 있었다. 쓰레기뿐만이 아니었다. 부서진 텔레비전도 몇 대 버려져 있었다. 어떤 것은 브라운관이 그대로 멀쩡해 보이는 것도 있었다.

나는 수면 위로 좀 더 고개를 내밀었다. 오랜만에 시원한 바람을 쐬자 기분이 아주 상쾌했다. 멀리 무논에는 한창 자라기 시작한 푸른 벼들이 저녁 햇살에 붉게 물들고 있었다. 피를 뽑고 물꼬를 살핀 뒤 어깨에 삽을 걸치고 돌아가는 농부들의 굵은 종아리도 아름다워 보였다. 사람들이 떠나가버린, 버려진 빈집들도 더러 눈에 띄었다.

나는 당분간 이 저수지에서 내 가난한 삶을 그대로 지탱하기로 마음을 먹었다. 그러자 주변 풍경들이 더욱 정답게 느껴지고 저수지의 이름도 궁금해졌다.

"이 저수지 이름이 뭐니?"

나처럼 고개를 내밀고 저녁 풍경을 구경하고 있는 붕어에게 물었다.

"후포저수지야. 사람들이 그냥 후포지라고 그러지. 이곳엔 수심이 깊고 뻘과 수초가 많아 우리 같은 붕어들이 살기엔 참 좋아. 그런데 최근에 낚시꾼들이 많이 몰려와서 골치야. 비상이 걸렸어. 너도 아마 조심해야 될 거야."
그는 검은툭눈처럼 다정다감했다. 나는 자칫 검은툭눈인 줄 알고 그를 덥석 껴안을 뻔했다.
"낚시꾼이라니, 낚시꾼이 뭐야?"
낚시꾼이라는 말이 참으로 생경스러웠다.
"우리를 잡아가는 인간들이야. 늘 우리를 속이지. 우린 어리석게도 항상 그들에게 당하고 말아. 특히 우리들 중에 덜렁대는 녀석들은 꼭 낚싯바늘에 걸린 미끼를 입질하다가 그만 낚아채여 주둥이가 찢어지면서 그 아까운 청춘을 마치고 말아. 어제 나는 막내아들을 잃었어. 내가 그렇게 주의를 주었는데도 덥석 미끼를 물고 말았어. 얼마나 슬프고 괴롭던지, 이젠 눈물도 말라버렸어."
눈물이 말라버렸다는 그가 말을 다 마치지 못하고 눈물을 비쳤다. 나는 눈가에 비친 그의 눈물을 닦아주었다.
"고마워. 너는 참 정이 많구나. 너도 조심해. 그러지 않으면 너도 살아남지 못해. 낚시꾼만 없다면 여긴 우리들에게 천국과 같은 곳이야."
도처에 생명을 노리는 위험은 있었다. 그러나 나는 후포지를 떠날 생각은 없었다. 무엇보다도 붕어들이 많이 살아 외롭지 않아서 좋았다. 어쩌면 이 후포지에서 내 생의 진정한 동반자를 만날 수 있을지도 모를 일이었다.

그날 밤, 아들을 잃은 붕어는 다른 붕어들에게 남한강에서 온 붕어라고 나를 소개했다. 그들은 내가 다른 붕어들보다 지느러미가 좀 큰가 보다 하는 정도로만 생각했지, 내가 날개 달린 붕어라는 사실은 꿈에도 생각하지 못하고 있었다.

그날 밤, 밤을 새워가며 그들은 내게 후포지 붕어로서 꼭 지키지 않으면 안 될 몇 가지 금기사항을 일러주었다.

첫째, 물 밖 바깥세상에 대하여 관심을 갖지 말 것.

둘째, 어떠한 사람이라도 사람을 믿지 말 것. 비록 어린아이라 할지라도 절대 가까이하지 말 것.

셋째, 사람이 주는 음식은 무조건 미끼라고 생각하고 먹지 말 것. 특히 우리가 가장 먹고 싶어하는 민물지렁이를 먹지 말 것. 무엇보다도 식탐을 없앨 것.

넷째, 낚싯배와 거룻배, 낚싯줄과 풀줄기, 납 조각과 조약돌 등을 구분하는 공부를 게을리하지 말 것.

다섯째, 남의 애인을 사랑하지 말 것.

그 외에도 '화려한 불빛에 유혹당하지 말 것' 등 몇 가지 더 금기사항이 있었으나, 나는 첫째 사항을 제외하고는 거의 다 지킬 수 있을 것 같아 애써 들으려고 하지 않았다.

겉으로 보기에는 후포지에서의 날들은 평화로웠다.

아침에 해가 뜨면 수면 위로 햇살이 반짝거렸으며, 갈대를 흔드는 바람이 늘 불어왔으며, 밤에는 별빛 또한 찬란하고 고요했다.

그러나 이 세상 어디에 진정한 평화가 있을 수 있을까. 후포지는 물 밖에서는 그렇게 평화롭게 보였지만 물속에서는 늘 통곡 소리가 그치지 않았다. 낚시꾼들이 봉고차를 타고 우르르 달려와 밤새워 낚싯대를 드리우고 가면, 하룻밤 사이에 몇십 마리의 붕어들이 잡혀갔다. 늙은 붕어들이 아무리 금기사항을 지키라고 해도 젊은 붕어들에게는 먹혀들지 않았다. 어떤 때는 늙은 붕어들조차 망령이 들었는지 월척이라는 이름으로 잡혀가 유명세를 날렸다.

낚시꾼들은 교묘했다. 무슨 수를 쓰든 붕어들이 좋아하는 음식만 만들어 와 붕어들로 하여금 먹고 싶어 못 견디게 만들었다. 붕어들은 그 음식을 먹는다는 게 곧 자신의 죽음을 의미하는 일인 줄 알면서도 참지 못하고 번번이 걸려들었다.

참을 줄 아는 붕어들만이 살아남았다. 인내심이 부족한 붕어들은 하나둘 사라졌다.

후포지에는 늘 통곡 소리가 끊이지 않았다. 시신 없는 장례식이 매일매일 치러졌다. 어떻게 하면 후포지에 꾼들이 오지 않게 할 수 있을까 밤마다 대책회의가 열렸으나, 붕어들이 정신을 차려 잡혀가지 않는 수밖에 다른 방법이 없었다. 소위 꾼들이 하는 말대로 조황釣況이 안 좋으면 사람들의 발걸음이 자연히 줄어들 터였으나 붕어들은 어리석었다.

  나는 괴로웠다. 이들을 그대로 두고 나 혼자 어디론가 떠날 수도 없었다. 어떻게 하면 이들의 눈물을 그치게 할 수 있을까 하고 밤을 새워 생각해보았으나 뾰족한 수가 없었다. 우울했다. 입맛도 잃고 말았다. 아침에 수면 위로 반짝이는 햇살을 몇 점 먹는 게 유일한 낙이었다.

  그런 어느 날 아침이었다. 밤을 새운 꾼들이 이미 다 돌아간 뒤였다. 나는 허기가 져 먹을 햇살을 찾아 나섰다. 마침 빈 농가 한 채가 비치는 동쪽 수면 아래로 눈부시게 빛나는 은빛 햇살 한 점이 있었다. 별다른 생각 없이 그 햇살을 덥석 물었다. 설마 그 햇살이 낚싯바늘에서 빛나는 햇살이라고는 생각하지 못했다.

  아, 그런데 그게 아니었다. 다 돌아간 줄 알았던 낚시꾼들이 아직 남아 있었고, 그것은 바로 낚싯바늘에서 반사된 햇살이었다. 햇살을 막 삼키는 순간, 목구멍에 뭔가 날카로운 게 걸리면서 강한 통증이 느껴졌다.

  나는 있는 힘을 다해 앙버텼으나 팽팽해진 낚싯줄에

걸려 질질 끌려갔다. 그러다가 어느 한순간, 단숨에 수면 위로 끌어올려져 허공에서 퍼덕거렸다. "와, 월척이다!" 하는 사람들의 환호성이 없었더라면, 내가 막 하늘을 날기 시작한 것으로 착각했을 것이다.

나는 낚싯바늘에 걸린 입이 찢어지는 것 같았다. 입안이 너무 아파 기절할 것 같았으나 아무런 소리를 낼 수 없었다.

나를 낚아 올린 사내는 만면에 환한 미소를 띠고 카메라부터 먼저 찾았다.

"자, 잘 찍으라고. 올해의 월척상은 따놓은 당상이야."

사내는 낚싯줄을 짧게 한 뒤, 그 줄을 단단히 거머쥐고 저수지 제방 위로 올라갔다.

"자, 필름 아끼지 말고, 몇 장 더 팍팍 눌러. 후민아, 너도 이리 와. 같이 찍자."

사내는 만족한 미소를 잃지 않은 채 나를 눈높이까지 치켜들었다.

나는 계속 입에 낚싯줄이 걸린 채 꼬리는 축 늘어뜨리고 머리는 하늘로 똑바로 치켜든 그런 꼴을 하고 있었다.

참으로 기가 막히는 일이었다. 나를 죽음의 고통 속에 처박아놓고 저렇게 좋아하는 인간의 마음을 이해할 수 없었다.

사내는 자기 아들인 듯한 후민이라는 소년과 사진을 다시 한번 더 찍고 나서 나를 초지 위에 눕혔다. 그리고는 서둘러 낚시가방을 열고 여러 가지 도구를 꺼냈다. 마른 수건과 소금, 휴지와 솜뭉치, 먹물이 든 병과 화선지, 솔 등을 꺼내 풀밭 위에 펼쳐놓았다.
"자, 아예 여기서 어탁魚拓을 뜨지."
사내는 계속 신이 나 있었다. 무엇이 그리 즐거운지 연신 싱글싱글 웃는 얼굴이었다.
나는 어탁이 무엇인지 알 수 없어서 두려웠다. 이대로 죽는 게 아니라 죽음에도 어떤 절차가 있는 것 같아서, 그 절차를 기다리는 일이 더 고통스러웠다.
나는 숨소리도 제대로 내지 못하고 가만히 있었다. 입에 물린 낚싯바늘만 빠진다면 힘껏 날개에 힘을 주고 날아볼 수도 있을 것 같았으나 통증이 심해 그럴 수도 없었다.
사내는 먼저 진을 빼야 한다면서 소금물로 내 몸을 씻기기 시작했다. 수건에다 소금물을 적셔 천천히 정성껏 내 몸을 쓰다듬듯이 씻겨나갔다. 혹시 비늘 하나라도 떨어져 나갈까 봐 여간 신경을 쓰는 게 아니었다. 그런데 사내가 지느러미인 양 잔뜩 움츠리고 있던 내 날개를 찬찬히 펴서 씻다가 뭔가 의심쩍다는 듯 혼자 중얼거렸다.

"어째 이놈이 붕어가 아닌가? 이상하네. 지느러미가 꼭 날개처럼 생겼네. 어이, 김씨, 이거 날개 아냐?"

월척이라는 점에만 눈이 멀어 내가 비어라는 사실을 전혀 깨닫지 못하고 있던 사내가 김씨를 향해 소리쳤다.

"아이구, 자네 큰일 났네. 이건 비어야. 날개가 맞아."

김씨가 당장 나를 알아보았다.

"비어라고?"

"그래 이 사람아, 비어야 비어!"

"비어라……."

사내는 김씨를 제치고 내 날개를 이리저리 살펴보더니 씩 웃으면서 중얼거렸다.

"으음, 아주 재수가 좋군. 월척상에다 특종상까지, 으음……."

"이 사람, 지금 무슨 소리 하고 있어? 빨리 살려주게. 잘못하다간 큰일 나."

정작 나는 잡혀 죽어가고 있는데, 김씨는 내가 몹시 두렵게 느껴지는 모양이었다. 그러나 사내는 그렇지 않았다.

"큰일이 나긴 뭐가 큰일이 나. 오히려 잘된 일이지. 이런 희귀종은 탁본을 떠서 후세들에게 보여줘야 한다고."

"아니야, 그게 아니야. 우리 꾼들한테도 금기사항이

있어. 이런 비어를 잡으면 살려줘야 한다는 얘기를 내 어릴 때 할아버지한테 들은 적이 있어. 할아버지 친구 한 분이 비어를 잡아 살려주지 않고 삶아 먹었다가 그길로 집안에 줄초상이 났다는 거야. 그러니 이 사람아, 자네도 조심해야 돼. 붕어한테 하늘을 날 수 있는 날개가 달렸다는 게 곧 하늘이 내렸다는 증거가 아니고 무엇이겠나."

김씨는 선대의 고증까지 들어가며 나를 살려야 한다는 주장을 계속 폈다. 그러나 그의 주장은 사내의 고집에 의해 결국 꺾이고 말았다.

입에 물린 낚싯바늘을 뺀 뒤 내 몸에는 눈앞에까지 먹물이 칠해졌다. 아침 햇살은 여전히 눈이 부셨다. 죽음이 곧 다가온 것 같았다. 나는 마지막으로 햇살이라도 실컷 먹고 싶어 있는 힘을 다해 입을 뻥긋거렸다.

사내는 솜뭉치에다 먹물을 듬뿍 찍어 조심조심 내 몸에다가 톡톡 찍어나갔다. 나는 곧 먹물투성이가 되었다. 먹물의 독성이 피부로 스며들어 온몸이 따끔거리고 숨을 쉴 수가 없었다. 물론 눈도 뜰 수가 없었다. 사내가 날개와 꼬리에다가 먹물을 벅벅 문질러댈 때에는 거의 빈사 상태에 놓여 있었다.

나는 내 몸에 화선지畫宣紙가 덮이는 것을 알았지만 가

만히 있을 수밖에 없었다. 사내의 손은 화선지 위로 기민하고도 섬세하게 움직였다. 먹물이 화선지에 잘 배도록 한구석도 놓치는 데가 없었다.

"좋아, 좋아, 아주 잘됐어. 지금까지 떠본 어탁 중에서 가장 잘됐어."

사내는 또다시 만족한 웃음을 웃었다.

"자, 이제 배가 고프군. 다들 아침이나 먹으러 가지."

사내가 앞장서서 일행들을 저수지 입구에 있는 국밥집으로 데리고 가고, 나는 초지 위에 누워 죽음의 순간이 다가오기만을 기다리고 있었다.

그때 한 소년이 살며시 다가와 피가 흐르는 내 입을 닦아주었다. 후민이라는 바로 그 소년이었다.

"미안하다, 비어야. 어서 날아가. 응?"

소년은 내가 날아가기를 바랐다.

그러나 난 날 수가 없었다. 온몸에 힘이 빠져 꼼짝도 할 수 없었다.

"난 실은 네가 날아가는 모습이 보고 싶어. 날아봐, 응?"

소년이 물동이에 물을 가득 담아 나를 그 속에 넣어주었다.

나는 그제서야 정신이 좀 들었다. 하늘을 나는 내 모

습을 보고 싶어하는 소년의 소망을 꺾어버려서는 안 된다는 생각이 들었다.

나는 힘을 내었다. 서서히 날개를 움직였다. 기적처럼 나는 다시 날았다.

소년이 나를 향해 손을 흔들었다. 나는 감사의 표시로 소년의 머리 위를 두어 바퀴 돈 뒤 후포저수지를 떠났다.

나는 울지 않았다. 오직 감사할 따름이었다. 죽음 직전에 살아났다는 것은 그 얼마나 감사한 일인가. 그뿐 아니라, 한순간 소나기가 내려 내 몸에 아직 남아 있는 먹물을 깨끗하게 씻어준 것도 그 얼마나 감사한 일인가.

예전에 나는 감사할 줄을 몰랐다. 살아 있다는 사실이 그렇게 감사해야 할 일인 줄을 알지 못했다. 사실 충족된 삶을 살고 있을 때 감사할 줄을 알아야 하는데 어리석게도 그러지 못했다. 이제 죽음의 고통을 몇 번 당하고 나서 비로소 살아 있다는 사실이 그렇게 기쁘고 감사할 수가 없었다.

나는 감사하는 가운데 나만이 고요히 쉴 수 있는 공간

을 찾고 싶었다. 더 이상 인간 세상으로 나가기가 무섭고 두려웠다. 나는 논밭을 지나 들판을 지나 들판 끝에 우뚝 서 있는 산을 향하여 힘껏 날았다.

얼마나 날았을까.

해 질 무렵, 잣나무가 많이 자라는 가평 명지산 자락에 사람이 살지 않는 빈집 하나가 눈에 띄었다.

망설이지 않고 그 집을 향해 날아갔다. 마당엔 풀들이 무성했으나 백일홍이 피어 있어서 마음에 들었다. 아직 우물엔 물이 마르지 않았으며, 장독대엔 깨진 항아리마다 빗물이 반쯤 고여 있었다. 뒷마당엔 괭이나 호미 등 자잘한 농기구들이 아직 그대로 남아 있었다.

방 안에 살림 도구도 더러 있었다. 쓰다 만 싸리빗자루와 쓰레받기도 있었고, 효자손이라고 불리는, 가려울 때 등을 긁는 대나무갈고리도 있었다. 좀 우습지만 안방 한쪽 구석에 놋요강도 그대로 놓여 있었다. 옷을 거는 횟대엔 두루마기 한 벌이 걸쳐져 있었고, 벽에는 학사모를 쓴 한 젊은이의 사진도 걸려 있었다. 그리고 그 사진과 나란히 신랑 신부가 예식장에서 주례와 함께 찍은 결혼식 사진도 걸려 있었다. 아마 그 젊은이의 결혼사진인 듯싶었다. 그리고 그 옆에는 누구의 회갑연인지 잔칫상을 차려놓고 할아버지 할머니를 중심으로 여러 자손들이 다 함께 모여 찍은 또 하나의 사진이 걸려 있었다.

나는 그들이 너무나 단란해 보여 한참 동안 그 사진을 들여다보았다. 문득 검은툭눈 생각이 났다. 나도 저 사진 속의 할아버지 할머니처럼 여기 이 빈집에서 검은툭눈과 함께 새끼들을 낳고 오래오래 살고 싶다는 생각이 들었다.

그러나 그런 생각은 곧 지워버렸다. 언제까지나 매달려 있는 삶만을 추구할 검은툭눈을 이곳까지 날아오게 해서 나와 함께 산다는 것은 하나의 헛된 꿈에 불과했다.

저녁노을이 지고 곧 밤이 왔다. 반딧불이 찾아오고 달은 밝았다. 아직 가을이 오지 않았으나 풀벌레들은 요란하게 울어대었다. 달빛이 깨진 장독 안에 고여 있는 물속에 어른거렸다. 나는 그 물속에 들어가 오랫동안 누워 있었다.

하루가 지나가고 이틀이 지나갔다. 열흘이 지나가고 한 달이 지나갔다. 입추가 지나가고 처서가 지나갔다. 낙엽이 떨어지고 찬바람이 불어왔다. 우물가에 사는 감나무에 감들이 발갛게 익기 시작했다. 가끔 새들이 날아와 감을 쪼아 먹고 돌아갔다. 사람들 몇 명이 아침부터 논으로 나와 낫으로 벼들을 베어 눕혔다. 허리가 꼬부라진 한 할머니가 손주를 데리고 나와 앞마당에 붉은 고추를 넣어 말렸다.

나는 물속에서 벌떡 일어나 감나무 가지 끝으로 날아올랐다.

난 물고기가 아니야. 이제 더 이상 물에서는 살고 싶지 않아.

나는 나에게 소리쳤다. 이제 더 이상 물고기로서 사는 삶을 살고 싶지 않았다. 나를 살려준 소년이 하늘을 나는 새로서의 나를 더 보고 싶어했던 것처럼 나도 새로서의 나를 더 보고 싶었다.

날개가 있는 것은 모두 새다. 나는 이제 물고기가 아니라 새다.

나는 나를 그렇게 생각하고 새처럼 하늘을 날았다.

몸과 마음이 한결 가볍다. 똑같이 하늘을 날아도 내가 물고기라고 생각하고 하늘을 나는 것과, 새라고 생각하고 하늘을 나는 것과는 큰 차이가 있다. 깨진 독 안에서 바라본 세상과 푸른 하늘을 날면서 바라본 세상 또한 그 느낌이 다르다.

이렇게 마음이 달라지면 행동이 달라지고, 행동이 달라지면 삶의 느낌이 달라진다. 날아가자. 오늘 하루라는 일생을 헛되이 보내지 않기 위하여, 오늘 내가 헛되이 보낸 하루가 어제 죽은 흰물떼새와 참붕어가 그토록 살고 싶어하던 내일이라는 사실을 잊지 않기 위하여, 날아가자. 새가 되어 날아가자. 어떻게 아무런 고통 없이 대자유의 삶을 얻을 수 있겠는가.

　나는 몇 날 며칠 밤낮으로 날았다. 낮이면 바람에 흔들리는 풀잎에게 힘을 얻었고, 밤이면 가장 일찍 떴다가 가장 늦게 지는 샛별에게 힘을 얻었다.

　어둠이 깊어지면 반드시 별은 빛났다. 밤이 지나면 반드시 아침은 왔다. 아침이 오면 세상은 햇살로 눈부셨다.

　어느 날, 눈부신 햇살 사이로 지하철역이 보였다. 나는 그 지하철역 입구에 살포시 내려앉았다. 표지판에 '모란'이라고 쓰여 있었다. 그곳은 내가 찹쌀붕어들을 만났던 경기도 성남시였다. 모란역 주변은 복잡하고 시끄러웠다. 시외버스터미널 앞에서 중년의 사내가 확성기를 들고 예수를 믿으라고 계속 소리쳤다. 때로는 웅변보다도 속삭임이, 때로는 피아노 소리보다 풍경 소리가 인간의 마음을 더 움직인다는 사실을 사내는 잘 모르는 것 같았다.

　나는 시외버스터미널 앞을 지나 모란시장 쪽으로 가보았다. 마침 닷새 만에 서는 장날이어서 모란시장은 입구에서부터 사람들로 들끓었다. 상인들은 대부분 노점상들로 속옷이나 양말을 리어카에 쌓아놓고 파는 이, 찹쌀, 수수, 기장, 메밀 등의 곡물을 펼쳐놓고 파는 이 등이 대부분이었으며, 불에 새까맣게 그슬려 죽인 개의 시체를 그대로 좌판 위에 올려놓고 파는 이도 있었다.

나는 불에 타 죽은 개들이 너무나 불쌍해서 얼른 그곳을 떠나지 못했다. "물건을 보시고 맘에 드시면 즉석에서 잡아드립니다" 하는 말로, 부지런히 손님들을 호객하는 개집 주인의 모습을 한참 지켜보다가 죽은 개들의 영혼을 위해 기도해주었다. 짧은 기도가 하늘에 닿는다기에 가장 짧은 기도를 하고 그곳을 떠났다.

모란역 입구에는 여전히 사람들로 들끓었다. 나는 마땅히 날아가고 싶은 데가 없어 모란역 표지판 위에 앉아 오가는 사람들을 구경하고 있었다. 삶이란 바쁘기 그지없는 것이라는 듯 사람들의 발걸음은 너무나 빨랐다. 천천히 걸어가는 사람을 찾아보기 힘들었다.

"다들 바빠 어디로 저렇게 가는 거람."

지하도 계단 아래로, 좁은 골목 사이로, 또는 버스를 타고 황급히 사라지는 사람들을 보고 내가 중얼거렸다. 그러자 새 한 마리가 홀짝 내 옆에 내려앉아 "다들 집으로 가는 거야. 우리에게 둥지가 있는 것처럼 사람들도 다들 집이 있어" 하고 내 말을 받았다. 아주 작은, 다솜이 주먹만 한 새였다. 나는 그가 나를 새로 인정하고 있다는 점이 무엇보다도 고맙고 반가웠다.

"넌 누구니?"

"난 십자매야."

그가 작은 눈을 깜박거리며 나를 향해 웃었다.

"난 비어야."

나는 그렇게 말하려다가 얼른 입을 다물었다. 십자매가 내가 물고기인 것을 알면 어떡하나 하는 생각이 순간 머리를 스치고 지나갔다.

"넌 어디로 가는 길이니?"

그가 혹시 서울로 간다면 외로운 길동무나 할까 싶었다. 그러나 십자매는 서울에는 가본 적이 없고 모란에서 태어나 모란에서 산다고 말했다.

"난 모란에서 점을 치고 살아. 난 점을 치는 새야."

"점이라니, 점이 뭔데?"

그것 또한 처음 듣는 말이었다.

"그건 사람들의 운명을 예측해서 알려주는 일이야. 사람들은 다들 자기 운명의 길흉화복吉凶禍福을 미리 알고 싶어해. 나쁜 일이 있으면 그걸 피하고 싶어하고, 좋은 일이 있으면 그걸 크게 기대하고 희망을 가지고 싶어하는데, 내가 그걸 미리 판단할 수 있도록 도와주는 거야. 새가 치는 점이라고 해서 새점이라고 해."

나는 새점에 대해 잔뜩 호기심이 일었다. 십자매는 내가 호기심을 보이자 궁금하면 따라오라고 하면서 급히 장소를 이동했다.

십자매가 내려앉은 곳은 바로 길 건너편에 있는 모란역 표지판 부근이었다. 그곳에는 낡은 중절모를 쓴 한 할아버지가 조그마한 새장 문을 열어놓고 차가운 길바닥에 앉아 있었다. 새장 옆에는 '새점 천 원'이라는 글씨를 쓴 마분지 한 장이 세워져 있었다.

"할아버지, 안녕?"

십자매는 할아버지한테 인사를 하고는 새장 안으로 쏙 들어갔다. 그러자 할아버지가 새장 문을 닫고 새점 치러 오는 사람들을 기다리기 시작했다.

곧 사람들이 몰려왔다.

"이게 뭐야?"

사람들은 퍽 신기해하면서 더러 새점을 치기도 하고, 그냥 새장 옆에 쭈그리고 앉아 다른 사람이 치는 새점을 구경하기도 했다.

나는 지하철 표지판 위에 올라가 그 광경을 쭉 지켜보았다.

해가 지고 사람들의 발길이 좀 뜸해지자 할아버지는 새장 문을 다시 열었다.

"할아버지 안녕히 계세요."

십자매가 할아버지에게 인사를 하고 얼른 내 곁으로

날아왔다.

"어때? 재밌지?"

십자매가 자랑을 하고 싶다는 듯 웃는 얼굴로 내 어깨를 톡톡 쪼았다.

"나도 해보고 싶어. 정말 재미있어 보여. 십자매야, 나도 해보면 안 될까?"

"하고 싶으면 해. 내가 할아버지한테 소개시켜줄게."

은근히 나도 새점 치는 일을 해보고 싶었다. 그러나 할아버지가 새장 안에 나를 늘 가두어둘까 봐 겁이 났다. 그러나 십자매는 그렇지 않다고 말했다.

"그렇지 않아. 할아버지는 나를 가둬두지 않아. 우린 몇 대에 걸쳐서 이 할아버지하고 새점을 치면서 살아왔어. 그래서 서로 약속이 돼 있어. 내가 점을 칠 때만 새장 안에 가둬두고, 그렇지 않을 때는 내 맘대로 자유롭게 날아다닐 수 있도록 약속이 돼 있어. 우린 조상 때부터 그렇게 약속이 돼 있고, 또 그 약속이 철저히 지켜져. 지금까지 한 번도 약속이 지켜지지 않은 적은 없어. 우린 서로 믿고 있어. 중요한 것은 바로 이 점이야. 믿음이 없으면 우리의 관계는 모두 무너지고 말아."

그날 밤, 나는 십자매를 따라 남한산성 숲에서 자고, 다음 날 오후 1시쯤 다시 모란역으로 돌아왔다.

할아버지는 새장을 가지고 모란역에 미리 나와 있었다.
"할아버지, 제 친구예요. 비어라는 새예요."
십자매가 할아버지에게 나를 소개했다.
"제 친구도 새점 치는 일을 해보고 싶대요."
할아버지가 물끄러미 나를 쳐다보았다. 나를 쳐다보는 할아버지의 눈빛이 꼭 와불님의 눈빛 같아서 마음이 편안했다.
"그래, 그렇게 하려무나. 친구가 있으면 더 좋지. 세상에 마음을 터놓을 친구가 없다면 그것만큼 불행한 일은 또 없단다."
할아버지의 허락이 떨어지자 나는 십자매와 함께 새장 속에 들어가 서로 교대로 새점을 치기 시작했다.
그것은 그리 어려운 일이 아니었다. 새장 안에는 대나무살로 만든 칸막이가 있었다. 그 칸막이를 중심으로 한쪽에는 십자매와 내가 있고, 또 한쪽에는 인간의 길흉화복을 적어놓은 종잇장을 접어 빽빽이 꽂아놓은 조그만 나무상자가 하나 있었다. 할아버지가 칸막이를 열면 나무상자가 있는 쪽으로 쫑쫑 걸어가, 입으로 이것저것 어느 종이를 집을까 하고 뜸을 좀 들이다가 맘이 내키는 대로 쪽 한 장 뽑아 올리면 그만이었다. 그러면 할아버지가 그 종이를 꺼내 돈을 내고 기다리는 사람한테 건네

주면 되었다.

  종잇장을 받아 든 사람들의 얼굴 표정은 각양각색各樣各色이었다. 어떤 사람은 심각하게 이마에 굵은 주름을 짓는가 하면, 또 어떤 사람은 무엇이 그리 좋은지 활짝 함박웃음을 웃는 이도 있었다.

  내가 보기에 종잇장엔 대부분 좋은 이야기만 있었다. 예컨대 '귀인을 만나 뜻밖의 제안을 받게 된다. 인생 진로가 바뀔 수 있으니 심사숙고해서 결정할 것' 등의 이야기가 대부분이었다.

  나는 새점 치는 일이 재미있었다. 내가 사람들의 운명에 관여한다는 생각이 들어 뭔가 큰일을 하는 것 같았다. 그리고 외롭지도 않았다. 십자매도 그렇지만 할아버지도 여간 정이 많으신 분이 아니었다. 하루 일이 끝나면 반드시 문을 열어 우리를 자유롭게 해주셨다. 그뿐 아니라 늘 맛있는 음식도 많이 주셨다. 나는 좁쌀이 작지만 맛이 있었다. 특히 찰조가 맛이 있었고, 할아버지가 가끔 호떡을 사와 조금씩 떼어주시면 그것도 맛있어 많이 먹었다.

  밤이면 돌아가 자는 남한산성 솔숲 또한 살 만한 곳이었다. 수백 년 된 아름드리 소나무가 산을 덮고 있는 남한산성은 마치 운주사 뒷산과 같은 아늑함이 있어 좋았다. 그리고 무엇보다도 내가 새점을 치기 시작한 이후로 할아버지의 수입이 갑절로 늘어서 좋았다.

"이게 새야? 물고기야? 참 영험하게도 생겼네."

사람들은 이런 말을 해가며 십자매보다 내게 더 많은 관심을 나타내었다.

마침 내가 치는 점이 영험하다는 소문이 나 모란역 앞에는 늘 새점 보는 사람들로 들끓었다. 어떤 때는 새장 앞에 길게 줄을 서 있기도 했다.

나는 새점을 보는 여러 사람들 중에서도 엄마를 따라온 아이들을 보는 것이 가장 기뻤다. 나를 쳐다보는 아이들의 영롱한 눈빛. 그 눈빛을 보면 그동안 겪었던 모든 고통을 다 잊게 되었다.

그런 가운데 변함없이 지나가는 것은 시간이었다. 거리엔 낙엽이 쌓이고, 쌓인 낙엽은 조금만 강한 바람이 불어도 골목을 휘돌아 어디론가 사라졌다. 서리가 내리고 대관령에 첫얼음이 얼기 시작했다는 소식이 전해지자 사람들은 어깨를 옹크리고 겨울옷을 꺼내 입었다.

할아버지는 기침을 하는 일이 잦았다. 날이 갈수록 낙엽처럼 쇠잔해지는 모습이었다. 이제 찬바람 부는 거리에서 일하지 말고, 어디에다 방이라도 하나 얻어 가끔 쉬어가면서 일하라고 권하는 사람들도 있었으나 할아버지는 꾸준히 거리로 나왔다.

"내가 안 하면, 이 새점 치는 일이 끊어질지도 몰라. 아마 이 세상에서 내가 마지막일 거야."

할아버지는 새점 치는 일이 이 지구상에서 영원히 사라져버릴까 봐 걱정하셨다. 그런데 정말 그런 일이 일어나고 말았다.

그날도 몹시 찬바람이 부는 날이었다. 십자매와 나는 어김없이 할아버지가 나와 계신 모란역으로 나갔다. 그러나 항상 먼저 와 계시는 할아버지의 모습이 보이지 않았다. 한 시간을 기다리고 두 시간을 기다려도 할아버지는 오지 않았다.

"지금까지 이런 일은 단 한 번도 없었는데…… 무슨 일일까?"

십자매는 몹시 걱정이 되는지 잠시도 가만히 있지 못하고 이리저리 모란역 주변을 날아다녔다. 나도 할아버지가 어디에서 호떡이나 오뎅이라도 사 드시나 해서 샅샅이 골목마다 찾아보았다. 그러나 할아버지의 모습은 보이지 않았다. 거리에 어둠이 깔리고 밤이 찾아와도 할아버지의 모습은 보이지 않았다.

"이럴 게 아니라 할아버지 집으로 가보자. 딱 한 번 할아버지 집에 가본 적이 있어."

그제서야 십자매가 다급한 목소리로 말했다.

나는 십자매를 따라 어둠을 가르고 밤하늘을 날았다.

할아버지의 집은 지대가 아주 높은, 소위 말하는 달동네에 있었다.

"바로 저 집이야."

십자매가 가리키는 슬레이트집 대문 앞에는 '근조謹弔'라는 검은 글씨가 써진 붉은 등이 하나 달려 있었다.

나는 그 등이 무엇을 의미하는 것인 줄 잘 몰랐으나, 십자매는 그 등만 보고도 할아버지가 돌아가셨다는 사실을 당장 알아차렸다.

"아, 할아버지께서 돌아가셨구나!"

십자매의 눈에서 주르르 눈물이 흘러내렸다.

할아버지는 평소 저혈압이셨으며, 어젯밤에는 무슨 화나는 일이 있으셨는지 평소보다 술을 좀 많이 드시고 주무셨는데, 그만 아침에 일어나시지 못했다는 것이었다.

나는 슬펐다. 십자매처럼 눈에서 눈물이 흘러내렸다. 죽음은 바다의 파도와 같은 것이라는 와불님의 말씀이 떠올랐다. 그러나 이 지구상에 새점을 칠 줄 아는 사람이 이제 더 이상 존재하지 않는다는 사실은 정말 슬픈 일이었다.

밤하늘엔 그믐달이 말없이 나를 쳐다보고 있었다. 별

들은 내 심정을 아는지 모르는지 여전히 빛나고 있었다.

　나는 이제 모란을 떠나야 할 때가 다가왔다는 것을 알 수 있었다. 새점을 칠 수 없게 된 이상 굳이 모란에 머무를 필요는 없었다. 십자매는 남한산성 솔숲에서 함께 살기를 바랐으나 그러고 싶지는 않았다.

　"잘 있어, 십자매야. 그동안 고마웠어."

　그날 밤, 나는 십자매와 헤어졌다. 그와 헤어지는 일이 섭섭하기는 했지만 아프지는 않았다. 가까이 다정하게 지낸 사이라 하더라도 사랑하지 않았으면 헤어짐은 그리 아픈 게 아니었다.

첫눈이 내렸다. 첫눈을 맞으며 서울을 향해 날았다. 운주사에서 처음으로 첫눈을 맞이하던 날, 검은툭눈과 나는 첫눈을 먹고 배가 불렀다. 첫눈을 하도 많이 먹어 다음 날 똥이 하얗게 나왔다. 남편 와불님과 아내 와불님이 눈을 뭉쳐 눈싸움을 하다가 손을 잡고 눈길을 걸어오시는 모습도 보였다.

나는 그날처럼 첫눈을 자꾸 받아먹으며 서울을 향해 날았다.

흰 눈에 파묻힌 서울은 아름다웠다. 서울을 아름답게 하기 위하여 첫눈은 내리고 있었다. 첫눈은 서울에 사는 나무도, 풀도, 쥐도, 심지어 사람들까지도 다 아름답게 만들었다.
　나는 인사동 불교백화점을 지나 서울역으로 향했다. 서울역에 가면 내가 어디로 가야 할지 그 방향이 설정될 것 같았다. 역은 길이며, 또한 길의 시작이므로 나는 서울역에서 다시 나의 길을 찾고 싶었다.
　서울역도 새하얗게 옷을 갈아입고 있었다. 첫눈치고는 폭설이었다. 나는 서울역 광장 시계탑 위에 내려앉아 사람들을 쳐다보았다.
　눈을 맞으며 걸어가는 사람들은 아름다웠다. 노숙자들마저 가난해 보이지 않았다. 어린 딸의 손을 잡고 눈길을 걸어가는 젊은 엄마의 모습은 이 세상 누구보다도 아름다웠다.
　눈은 그치고 어느새 밤은 깊었다. 눈을 맞고 달려온 남쪽의 기차들도 모두 수색으로 돌아가고, 서울역에는 노숙자들만 대합실 부근에서 서성거렸다.
　나는 혹시 검은툭눈이 서울역 어디엔가 서성거리고 있을지도 모른다는 생각이 들어 계속 서울역 광장을 지켜보았다. 그러다가 광장에 난 발자국들을 헤아려보기 시작했다. 아무리 헤아려도 그 수를 알 수 없었다. 그것은 밤하늘의 별들이 몇 개인지 헤아려보는 일만큼 힘들고 피곤했다.

시계탑의 바늘은 새벽 2시를 가리켰다. 서울역 돔 위로 하얗게 초승달이 떠 있었다. 나는 발자국 헤는 일을 포기해버리고 잠을 자러 서울역 돔 위로 날아갔다.

"아니? 이게 누구야? 너, 비어 아니니?"

누가 나를 보고 반갑게 소리쳤다.

잿빛 비둘기였다. 서울에 처음 와서 염천교 아래에서 잠을 자고 있을 때 따스하게 위로해주던 바로 그 집비둘기였다.

그는 초승달을 뒤로하고 뒤뚱거리는 걸음걸이로 내게 다가와 나를 덥석 껴안았다. 그의 포옹이 싫지 않았다. 까맣게 잊고 있었던 그를, 이 무섭고 외로운 서울에서 다시 만난 것은 어떤 운명이 아닌가 하는 생각이 스쳐 지나갔다.

"여긴 웬일이야? 서울시청에서 안 자고, 왜 여기서 자는 거야?"

나는 그가 왜 서울역 돔 위에서 자고 있는지 궁금했다.

"나, 서울시청 비둘기들한테 쫓겨났어. 시청 옥상에 살려면 장애자는 안 된다는 거야. 자기들 생각엔 서울특별시의 명예를 더럽힌다는 거지. 그래서 아무도 찾지 않는 여기 돔 위를 내 집으로 삼았어. 이번에는 왼발 발가락이 하나 없어졌거든."

나와 헤어져 있는 동안 다시 발가락이 줄어든 그가 안쓰러웠다.
"참 안됐구나. 많이 아팠겠네."
이번에는 내가 그를 껴안아주었다.
"아니 괜찮아. 우와…… 널 다시 만나게 될 줄이야. 정말 반갑다."
그는 기쁜 나머지 잠시도 내 곁을 떠나려 하지 않았다.
그날 밤, 잿빛 비둘기와 같이 잠을 잤다. 그는 나를 껴안고, 나는 그를 껴안고 잤다. 잠들기 전에 살짝 키스도 나누었다.
난 물고기가 아니라 새야.
그와 키스를 나누면서 내가 나 자신을 새라고 생각하고 있다는 사실을 다시 한번 상기했다. 새라고 생각하는 이상 집비둘기와 사랑을 나누는 것이 윤리적으로 잘못된 일이라고는 생각되지 않았다.
다음 날 아침, 뜻하지 않게 나는 몸이 아파 일어나지 못했다. 첫눈을 녹이는 햇살이 온 세상을 밝게 비쳤으나 그대로 돔 위에 누워 있었다. 그동안 너무 고단한 삶을 살아왔기 때문일까. 나는 갈수록 고열에 시달리고 오한에 떨었다.
"이거 큰일 났네."

잿빛 비둘기가 걱정스런 낯빛을 하고 광장에 쌓인 눈을 뭉쳐 와 내 몸의 열을 식혔다. 또 어디서 얼음 조각을 물고 와 내 몸에 대고 문질렀다. 먹기 싫은데도 어디서 과자 부스러기도 주워 와 자꾸 입에 넣어주었다.

나는 사흘 밤낮을 고열에 시달렸다. 잿빛 비둘기 또한 사흘 밤낮 동안 나를 간호하느라 잠 한숨 자지 못했다. 눈을 좀 붙이라고 해도 눈을 뭉쳐 오고 얼음 조각을 구해 오는 데에만 정신을 팔았다.

잿빛 비둘기의 그 정성 때문이었을까. 사흘이 지나자 나는 고열의 공포에서 조금씩 벗어나기 시작했다. 그리고 일주일이 지나서야 완전히 건강을 회복했다.

"고마워. 난 네가 없었으면 죽고 말았을 거야."

나는 잿빛 비둘기의 손등에 감사의 키스를 퍼부었다.

"고맙긴 무슨…… 당연히 내가 할 일을 했을 뿐인데……."

잿빛 비둘기는 무척 겸연쩍어하면서도 내가 다시 건강을 회복했다는 사실을 자기 일처럼 기뻐했다.

우리는 누가 그렇게 하자고 한 것은 아니었지만 서울역 푸른 돔 위에서 자연스럽게 같이 살게 되었다. 누가 사랑한다고 말하지는 않았지만 서로 사랑하고 있다는 것을 알게 되었다. 잿빛 비둘기가 서울역으로 이사한 것은 바로 나를 만나기 위한 것이었고, 내가 운주사를 떠나온 것은 이 잿빛 비둘기를 만나기 위한 것이었다.

하루하루 모든 게 새롭게 느껴졌다. 아침마다 햇살은 더욱 눈부시고 따스했으며, 서울역은 더욱 아름다웠다. 건너편 대우빌딩도 남산타워도 더욱더 아름답게 보였다. 한강철교나 63빌딩, 멀리 행주산성이나 북한산까지 함께 날아다니다 돌아온 날이면 그의 날개를 정성껏 쓰다듬어주었다. 잿빛 비둘기를 위하여 내가 무엇을 해줄 수 있을까 하고 골몰히 생각하는 일만큼 기쁜 일은 없었다.

지금 즉시 사랑하라. 내일로 미루지 말라.

나는 언제나 이 말을 잊지 않고 있었다. 매일 저녁 오늘도 그를 사랑했다고 말하며 잠이 들었다. 한 번뿐인 생生을 이제야말로 헛되이 살게 되지 않았다고 감사하며 잠이 들었다.

그러나 불행히도 나의 그런 날들은 그리 오래가지 못했다.

그날은 서울에 우울한 진눈깨비가 내린 날이었다. 서울역 돔 위로 은빛 비둘기 한 마리가 날아와 잿빛 비둘기를 찾았다. 은빛 비둘기는 덕수궁에 사는 비둘기로 잿빛 비둘기와는 아주 친한 사이였다.

"널 얼마나 찾아다녔는지 몰라. 왜 아무 말도 없이 가버린 거야? 서울시청에서 쫓겨났으면 덕수궁으로 오면 되잖아."

"미안해. 덕수궁은 시청 비둘기들을 늘 만날 수 있는 곳이잖아. 그래서 아예 멀리 와버렸어."

잿빛 비둘기는 은빛 비둘기에게 여간 미안해하지 않았다.

그날부터 은빛 비둘기는 잿빛 비둘기 곁을 떠나지 않았다. 은빛 비둘기도 고색창연古色蒼然한 청동빛 서울역 돔 위에서 밤을 맞이하고 아침을 맞이했다.

나는 은빛 비둘기를 받아들이고 싶지 않았다. 그는 내 사랑의 보금자리를 쳐들어온 침범자이자 방해자였다.

"잿빛 비둘기야. 난 은빛 비둘기하고 같이 사는 게 싫어. 너랑 단둘이 살고 싶어."

내가 몇 번이나 단둘이 살고 싶다고 말해도 잿빛 비둘기는 들은 척 만 척했다. 오히려 시간이 좀 지나자 은빛 비둘기와 단둘이 살고 싶다는 태도를 취했다.

나는 고민이 되었다. 잿빛 비둘기의 그런 태도가 무엇을 의미하는 것인지 쉽사리 판단할 수 없었다. 그러나 그가 원하는 것이라면 더 이상 반대해서는 안 된다고 생각했다. 그것은 내가 그를 사랑하기 때문이었다.

잿빛 비둘기는 은빛 비둘기하고 같이 사는 일이 기정

사실화되자 처음에는 내게 몹시 미안해하는 모습을 보였다. 그러나 차차 시간이 지나자 그렇게 사는 것이 오히려 당연하다는 듯이 굴었다. 다리가 아프다는 핑계로 먹이 구하는 일을 전적으로 내게 맡겨버리고는 돔 위에 십 분 이상을 앉아 있지 못하게 했다.

"먹이를 이렇게 적게 구해 오면 어떡해? 은빛 비둘기 몫까지 좀 많이 구해 오란 말이야."

그는 갈수록 내게 요구하는 것이 많아졌다. 나와 잠자리도 거부하고 늘 은빛 비둘기를 껴안고 자면서 아침에 늦게 일어났다. 일찍 일어나는 새가 먹이를 많이 얻는다는 말은 그에게 그리 중요한 말이 아니었다.

나는 은빛 비둘기의 몫까지 부지런히 먹이를 구해다 주었다. 서울역에서 용산역으로, 만리동에서 공덕동으로 부지런히 날아다니면서 사람들이 먹다 버린 먹이를 거두었다. 물론 가장 맛있고 깨끗한 먹이만 그들에게 주었다. 먹이를 많이 구하지 못한 날에는 내가 굶었다.

그러나 잿빛 비둘기의 요구는 한이 없었다.

"넌 왜 살결이 그렇게 거치니? 난 비늘이 싫어. 딱딱해. 너의 피부가 은빛 비둘기처럼 부드러워야만 널 받아들일 수 있어."

나는 괴로웠다. 그런 그를 이해하기란 너무나 고통스

러웠다.

 맞아. 새가 되기 위해서는 비늘을 없애야 해. 내가 그걸 몰랐어. 몸에 비늘이 있는 한, 난 새가 아니야.

 나는 사랑을 위해 비늘을 없앴다. 아픔을 참고 피를 흘리며 하나하나 비늘을 떼어내었다. 바람이 조금만 불어도, 살짝 어디 부딪쳐도 시리고 상처가 생겼으나 사랑하는 이가 원하는 일이라면 그 정도의 아픔쯤은 견딜 수 있었다.

 "자, 봐. 네가 싫어하는 비늘을 없앴어. 이젠 부드러워."

 나는 잿빛 비둘기에게 내 피부를 보여주었다. 그러자 잿빛 비둘기가 어처구니가 없다는 듯 깔깔 웃음을 터뜨리며 말했다.

 "비늘뿐만이 아니야. 너의 전부가 다 그래. 시퍼렇게 툭 튀어나온 눈, 축 늘어져 물렁물렁한 뱃가죽, 징그러울 정도로 미끌미끌한 꼬리, 그런 건 다 어떡할 거야?"

 나는 할 말을 잃고 멍하니 그를 쳐다보았다.

 "내 분명히 말하지만, 넌 새가 아니라 물고기야. 난 물고기하고 사랑을 나눌 수는 없어. 난 물고기를 사랑할 수 없단 말이야. 전에는 내 눈에 콩깍지가 씌었던 거야. 난 널 만난 걸 후회해. 너와 함께했던 날들을 잊어버리고 싶어. 어서 여길 떠나. 아니, 내가 여길 떠날 거야. 난 남산타워에 가서 살 거야. 너보다 더 높은 곳에서 서울을 내려다보고 살 거야. 안녕! 잘 있어! 이 물고기야!"

잿빛 비둘기는 그렇게 은빛 비둘기와 함께 나를 떠났다.

나는 울었다. 서울역이 내 눈물에 젖었다. 서울역을 지나던 사람들이 내 울음소리에 발을 멈추고 청동빛 돔 위를 쳐다보았다.

진눈깨비는 그쳤다가 다시 내렸다. 무엇보다도 분노를 삭이기 힘이 들어서 괴로웠다. 그 분노를 어떻게 해야 할지 알 수 없어서 수색으로 가는 기차의 불빛만 하염없이 바라보았다.

시간이 흘렀다. 시간은 시간을 낳았다. 시간은 자신 이외의 그 어떠한 것도 낳지 않았다.

하루는 수색으로 가는 기차의 불빛한테 말했다.

"미안하지만, 와불님의 별빛을 좀 불러줄 수 있겠니?"

고맙게도 기차의 불빛은 내 부탁을 들어주었다. 그날 밤, 와불님의 별빛이 나를 찾아왔다.

"와불님, 검은툭눈은 잘 있는지요?"

나는 와불님의 별빛을 보자 눈물부터 먼저 났다.

"와불님, 저는 사랑에 배반당했습니다. 무엇보다도 분노를 삭일 수 없어서 고통스럽습니다."

"울지 마라. 분노 때문에 너 자신을 다치게 하지 마라. 네가 그를 사랑했다는 사실이 중요하다. 그 사실만으로도 사랑은 족하다."

와불님의 별빛의 목소리는 여전히 다정다감했다.

"그래도 고통이 그치지 않습니다."

"고통 없는 삶은 없다. 살면서 고통 없기를 바라지 마라. 고통이란 밥 먹고 잠자는 것처럼 일상적인 것이다."

"하필이면 왜 저에게 이런 고통이 있습니까?"

"너라고 해서 고통이 없으란 법은 없다. 나에게도 고통이 있을 수 있다고 생각해야 고통을 견딜 수 있다."

"저의 상처가 깊습니다."

"상처 없는 아름다움은 없다. 진주에도 상처가 있고, 꽃잎에도 상처가 있다. 장미꽃이 아름다운 것은 바로 그 상처 때문이다."

"전 많은 것을 잃었습니다."

"그러나 넌 아직 모든 것을 잃지는 않았다. 용기를 내어라. 잃지 않은 것이 무엇인지 스스로 찾아보아라."

와불님의 별빛은 곧 사라졌다.

나는 그제서야 분노의 검은 연기가 내 몸 밖으로 서서히 빠져나가는 것을 바라볼 수 있었다.

상처 없는 사랑은 없다. 장미가 아름다운 것은 바로 그 상처 때문이다. 나는 많은 것을 잃었으나 모든 것을 잃지는 않았다.

서울역 푸른 돔 위로 보름달이 환히 떠올랐다. 나는 와불님의 별빛이 하신 말씀을 떠올리며 서울역을 떠났다.

막막했다. 낮게 낮게 하늘을 날았다. 어디선가 노랫소리가 들렸다. 광화문 거리에서도 종로 거리에서도 성탄의 노랫소리가 흘러넘쳤다.

문득 산사의 고요한 풍경 소리가 그리웠다. 눈 속에 파묻힌 솔잎들의 잠을 하나하나 깨우고 있을 검은툭눈의 풍경 소리가 듣고 싶었다. 그러나 지금 당장 운주사로 갈 수는 없는 일이었다.

나는 서울의 어디에서 풍경 소리를 들을 수 있을지 곰곰 생각하다가 조계사를 향해 힘껏 날개를 펼쳤다.

조계사는 종각역에서 그리 멀지 않았다. 마침 북한산 쪽에서 세찬 겨울바람이 불어와 당그랑당그랑 조계사 대웅전의 풍경 소리가 들려왔다.

고요히 마음을 기울였다. 고층빌딩이 들어선 도심의 한복판에 있어서 그런지 소리의 맑음이 운주사의 풍경 소리만 못했다. 그러나 분노로 타올랐던 내 마음을 식혀주기엔 조금도 부족함이 없었다.

"안녕! 난 운주사 풍경의 물고기야."

나는 바람에 흔들리고 있는 조계사 풍경의 물고기에게 말을 걸었다.

"어떻게 여기까지? 오, 너, 날개가 달렸구나."

그는 내 날개를 보고도 그리 놀라지 않았다. 깜짝 놀라 꼬리라도 힘껏 치켜들 줄 알았으나 그게 아니었다.

"나도 한때 날개가 달린 적이 있어. 너처럼 비어가 된 적이. 지금은 날개가 다 퇴화해버리고 말았지만……."

"뭐? 비어가 된 적이 있다고?"

오히려 놀란 것은 나였다.

"응, 그런 적이 있어. 이렇게 매달려 있는 삶보다 더 나은 삶이 있을 거라고 생각하고 비어가 되어 이리저리 하늘을 날아다닌 적이 있어. 너를 보니 꼭 몇십 년 전의 나를 보는 것 같구나."

내 가슴속으로 '쿵!' 하고 바윗돌 하나가 굴러 내리는 소리가 들렸다. 그동안 나는 검은툭눈이라면 또 모를까, 나 이외에 다른 비어가 있으리라고는 꿈에도 생각해본 적이 없었다.

"너, 비늘이 다 벗겨지고 상처가 아주 심하구나. 아프진 않니? 그동안 고생을 아주 많이 한 모양이구나."

"고생이 많았어. 죽을 고비를 여러 번 넘겼어. 사랑의 실패도 맛보았고……."

"하하, 내 그럴 줄 알았어. 그렇지만 너무 아파하지 마. 그게 다 공부니까."

"이미 다 지나간 일이야. 고통 없는 삶이 어디 있겠니."

"그럼……. 누구나 다 고통 없기를 바라지만, 그건 배가 고프면서도 밥을 안 먹겠다고 하는 것과 똑같아."

"그런데 넌 비어로 살지 않고, 왜 다시 이렇게 매달려 있는 거야?"

"으음, 그건…… 내 삶의 본질을 분명히 깨달을 수 있었기 때문이야."

그는 말을 하면서 자꾸 눈을 끔벅거렸다. 그 역시 나처럼 푸른툭눈이었다.

"너의 삶의 본질이라면, 글쎄, 그게 무엇일까?"

"그건 너처럼 날아다니는 삶이 아니라, 나처럼 이렇게 매달려 풍경 소리를 내는 삶을 말해. 나는 어디까지나 풍경이기 때문에, 맑고 고요한 풍경 소리를 내는 게 내 삶의 본질이야. 그러니까 날아다니는 삶은, 풍경 소리를 낼 수 없기 때문에 본질에서 벗어난, 그리 가치 있는 삶이 아니라는 거지. 왜냐하면 나는 새가 아니라 물고기거든. 물고기가 새가 된다는 건 참으로 허망한 일이야. 처음에는 창조적 삶을 사는 것 같았으나 그건 아니었어. 자칫 내 존재성을 잃을 뻔했어. 난 다시 풍경으로 돌아옴으로써 내 존재성을 되찾을 수 있었어. 그리고 그 존재성을 통해서 내 삶의 근원적 진실에 가닿을 수 있었어."

그는 내 삶이 안고 있는 문제점의 정곡을 찔렀다. 내가 스스로를 물고기가 아니라 새라고 생각하고 있다는 점을 한눈에 꿰뚫어보고 있었다.

나는 공연히 주눅이 들어 말을 잇지 못하고 가만히 있었다. 그러자 그가 다시 말을 이었다.

"너도 이제 지쳐서 풍경 소리가 듣고 싶어서 여길 찾아왔을 거야."

"그래, 맞아. 난 지금 좀 지쳐 있어. 앞으로 어떻게 살아야 할지 고민이야."

"그렇다면 너도 이제 운주사로 돌아갈 때가 된 거야. 빨리 돌아가. 네 짝이 네가 돌아오기를 간절히 기다리고 있을 거야. 원래 서로 마주 보고 있는 풍경의 물고기들은 전생에 서로 사랑한 연인들이야. 그래서 현생에서도 그렇게 마주 보고 있는 거야."

"정말 그럴까?"

"정말이야. 그렇지 않으면 네가 왜 운주사 풍경 소리가 그립겠니?"

북한산의 찬바람은 계속 불어왔다. 비늘이 없는 나는 추위를 이기기 위해 이리저리 조계사 안마당을 날아다녔다. 조계사 법당 앞에 있는 수백 년 묵은 회나무 나뭇가지 위에 잠시 앉아 있기도 하고, 검은툭눈과 나를 운주사 풍경으로 살게 해주신 스님이 지금도 조계사에 계시는지 찾아보기도 했다.

스님은 보이지 않았다. 스님 대신 법당 돌계단에 겨울의 꽃 포인세티아 화분 몇 개가 놓여 있었다. 그리고 계단 건너편에 스케치북을 펼쳐놓고 그림을 그리고 있는 한 젊은 화가가 보였다. 나는 어깨 너머로 그 화가가 그리고 있는 그림을 넘어다보았다.

그림은 뜻밖에도 조계사 풍경을 그리고 있었다. 화폭의 맨 왼쪽 가장자리에 풍경을 그려놓고, 그 풍경 너머로 보이는 대웅전의 추녀 끝과, 그 추녀 끝으로 펼쳐진 차디찬 겨울 하늘과, 그 하늘에 조금씩 걸쳐져 있는 마른 나뭇가지들을 그리고 있었다.

나는 그 그림을 한참 동안 들여다보았다. 그러다가 그만 감기가 든 탓인지 기침 소리를 크게 내고 말았다.

화가가 힐끔 나를 쳐다보았다. 순간, 놀란 표정을 지었다.

"너, 혹시, 운주사에서 오지 않았니?"

나는 계속 기침을 하느라 얼른 대답을 하지 못했다.

"너 혹시 운주사 대웅전에 있던 풍경의 물고기 아니니?"

화가가 재차 물었을 때에야 겨우 대답을 했다.

"네, 그렇습니다만, 어떻게 저를 아시는지?"

나는 이 서울에서 나를 알아보는 사람이 있다는 사실이 놀라웠다.

"아, 정말 맞구나. 혹시 했었는데······. 그렇다면 보여 줄 게 있어. 내 화실에 좀 같이 갈까?"

화가는 내가 뭐라고 대답하기도 전에 스케치북을 덮었다.

나는 그가 운전하는 승용차 뒤를 따라갔다.

그의 화실은 인왕산이 한눈에 다 보이는 언덕 위에 있었다. 화실에 큰 창이 달려 있어서 인왕산이 한눈에 다 들어왔다.

"실은 보여주고 싶은 그림이 있어서 그래."

화가는 내게 그림 두 장을 보여주었다. 그것은 드로잉 작품으로 운주사 대웅전을 그린 거였다.

"아니, 이건 운주사 아니에요?"

나는 놀란 얼굴을 하고 그를 쳐다보았다.

"그래, 맞아. 대웅전이 있는 운주사 그림이야. 그런데 그림을 자세히 봐. 하나는 서쪽 처마 끝 풍경에 물고기가 어디로 가고 없는 그림이고, 또 하나는 물고기가 달려 있는 그림이야."

과연 한쪽 그림의 풍경엔 물고기가 어디로 가고 없었다. 그곳은 내가 달려 있던 바로 그 자리였다. 나는 더욱 놀란 얼굴을 하고 그를 쳐다보았다.

"지난가을에 운주사에 가서 그림을 그리다가, 대웅전 서쪽 처마 끝에 있는 풍경의 물고기가 어디로 가버리고 없는 것을 발견하고 놀라지 않을 수 없었어. 나는 그 물고기가 왜 어디로 가버렸는지 궁금해서, 맞은편 동쪽 처마 끝에 있는 풍경의 물고기한테 물어보았어. 그랬더니 그 물고기가 자기 이름은 검은툭눈이라고 하면서, 네가 비어가 되어 날아갔다고 하더군. 어디로 날아갔는지는 자기도 잘 모른다고 하면서. 그러면서 검은툭눈이 그 검은 눈에 눈물이 가득 찬 얼굴을 하고, 네가 다시 돌아와 풍경에 달려 있는 그림을 한 장 그려달라고 부탁을 하더군. 그림으로나마 함께 있고 싶다고 하면서 말이야. 그러면 네가 정말 돌아올지도 모른다고 하면서 말이야. 네가 떠난 이후로 많은 사람들이 운주사에 다녀갔지만 아무도 네가 어디로 가고 없다는 사실을 모르더라는 거야. 그런데 나만이 그걸 발견하고 물어보기 때문에 나한테 그런 부탁을 한다면서……. 나는 차마 검은툭눈의 부탁을 거절할 수 없었어. 그래서 지난가을에 그린 그림이 바로 저거야. 저 그림 속의 물고기가 바로 너야. 이제 이 그림을 검은툭눈한테 가져다줄 필요 없이 네가 원래의 네 자리로 돌아가 있는 게 어때? 아마 검은툭눈은 지금도 네가 돌아오기를 손꼽아 기다릴 거야."

아, 검은툭눈!

나는 마음속으로 그의 이름을 부르며 그대로 화실 바닥에 주저앉았다.

아, 검은툭눈이 그토록 나를 기다리고 있었다니…….

나를 기다리는 검은툭눈의 마음이 내 마음의 화선지

에 수묵처럼 번졌다.

나는 멍하니 흰 눈 덮인 인왕산을 바라보다가 벌떡 자리에서 일어났다.

날아가자. 지금 즉시 운주사를 향해 날아가자. 더 이상 서울 거리를 배회하고 있을 수는 없다. 내가 아직 잃지 않은 것은 검은툭눈을 사랑하는 마음이다. 조계사 풍경 소리는 분명 그것을 깨닫게 해주었다.

날아가자. 지금 즉시 사랑하자.

나는 즉시 화가가 보여준 그 그림 속을 향해 힘껏 날았다. 운주사 대웅전을 향해. 내가 매달려 있던 처마 끝 바로 그 자리를 향해.

다음 날 새벽. 운주사 스님들은 새벽예불만 올렸을 뿐 내가 다시 돌아와 대웅전 처마 끝에 매달려 있는 줄은 아무도 알지 못했다. 다만 검은툭눈만이 원래의 내 자리로 돌아온 나를 보고 빙그레 미소를 지었다.

검은툭눈의 풍경 소리는 예전보다 더욱 맑고 고요했다. 운주사를 쓰다듬던 새벽 달빛도 나를 보고 빙그레 미소를 지었다. 별똥별 하나가 나에게 손을 흔들고 멀리 지리산 쪽으로 사라졌다.

"검은툭눈아, 미안해."

나는 검은툭눈을 향해 먼저 입을 열었다.

"아니야, 미안하긴. 네가 돌아와서 정말 기뻐. 널 얼마나 기다렸는지 몰라."
"나도 알아. 날 용서해줘."
"용서는 무슨······."
나는 검은툭눈에게 진정 용서를 빌었다.
"어젯밤에 네가 돌아온 것을 알고 있었어. 돌아오자마자 깊은 잠속에 빠져버리길래 얼마나 고단하면 저렇게 자나 싶어 일부러 깨우지 않았어."
여전히 검은툭눈의 사랑은 바위처럼 무겁고 깊었다.
"그동안 날 많이 원망했지?"
"아니야, 푸른툭눈. 난 네가 고마워. 나 자신을 알게 해줘서 말이야. 난 너를 통해서 비로소 나의 참모습을 보게 되었어. 나에게 돌아온 너의 마음속에 나의 참모습이 있어."
"그건 나도 그래. 내가 누구인지, 내가 어디에 있는지 비로소 알게 되었어. 나를 기다려준 너의 마음속에 내가 있어."
"지금까지 난 나의 겉모습만 가지고 널 사랑한 거야. 이제 너의 마음속에 투영된 나의 속모습으로 널 사랑할 수 있게 되어서 참 기뻐."
"검은툭눈아, 정말 고마워. 혹 내 삶에 아름다움이 있다면, 그건 나 자신에 의해서 형성된 것이 아니라, 날 사랑하는 너에 의해서 형성된 거야."

  나는 검은툭눈을 똑바로 쳐다보았다. 검은툭눈의 검은 눈빛에 강물이 흐르는 것처럼 사랑하는 마음이 흐르고 있었다. 시간이 시간을 낳고, 낳은 시간을 또 시간이 지배하는 동안, 우리는 만나지 못하고 헤어져 있었지만 서로 사랑하는 마음만은 변함이 없었다.

  "난 여길 떠나기만 하면 보다 나은 삶이 주어지는 줄 알았어. 이미 주어진 형식적인 삶에서 벗어나 보다 창조적인 삶을 살 수 있을 줄 알았어. 그러나 그게 아니었어. 가장 중요한 걸 하나 잊고 있었어. 비록 답습된 형식적인 삶이라 하더라도 그 속에 진실된 사랑만 있다면, 그것이 곧 창조적인 삶이라는 걸 나는 몰랐어."

  "난 네가 원하는 대로 너를 떠나보내는 것이 사랑이라고 생각했어. 너와 함께하는 것도 사랑이지만, 네가 떠나려 할 때 떠나게 하는 것도 사랑이라고 생각했어. 그렇지만 난 네가 떠난 뒤에도 단 하루도 풍경 소리를 멈춘 적이 없어. 나의 풍경 소리가 곧 너를 향한 내 마음의 소리라고 생각했어. 난 너를 떠나보냄으로써 진정 다시 만나게 되기를 소원했던 거야."

  "참 많이 외로웠을 거야."

  "외로웠지만 기다림이 있었어. 기다림은 용기를 낳게

하고, 용기는 또 인내를 낳게 했어."

"난 처절하게 사랑에 실패도 해봤어. 내 몸을 좀 봐. 비늘을 다 없애고 말았어."

"푸른툭눈, 어떠한 사랑이든 사랑에는 실패가 없는 거야. 실패했다고 생각하는 것은 진정으로 사랑하지 않았다는 거야. 모든 사랑에는 성공만 있어. 내가 진정 사랑을 했으면 그것이 곧 성공이야."

검은툭눈이 손을 뻗어 비늘 없는 내 몸을 부드럽게 만져주었다. 나는 그의 손길이 너무나 따뜻해서 마음속으로 눈물이 났다.

"고마워, 검은툭눈……."

"고맙긴. 와불님이 늘 말씀하셨잖아. 나를 없애고 나를 찾으라고. 네가 비늘을 없앤 건 바로 너를 없앤 거야. 그러니까 넌 너를 찾은 거야. 봄이 오면 비늘도 다시 돋을 거니까 너무 슬퍼하지 마."

새벽달이 우리의 이야기를 듣고 있다가 어느새 사라지고, 햇살들이 나와 우리들의 이야기에 귀를 기울이고 있었다.

바람이 불어왔다. 우리는 한동안 서로가 서로를 애무하는 뜨거운 풍경 소리를 내었다.

"오늘은 풍경 소리가 유난히 내 마음을 뜨겁게 하는

군. 누가 왔나?"

아침 공양을 마치고 나온 스님 한 분이 대웅전 처마 끝을 쳐다보았다.

"어허, 너 이놈! 네가 돌아왔구나. 어디 갔다가 이제 온 거냐? 그래, 인생 공부는 좀 했느냐? 하하."

스님은 장삼 자락을 펄럭이며 반가운 웃음을 터뜨렸다.

"죄송해요, 스님."

나는 마음속으로 스님한테도 용서를 빌었다.

햇살은 운주사에 쌓인 눈들을 간지럽혔다. 눈들은 아침 햇살에 간지럼을 타면서 조금씩 녹고 있었다. 와불님을 찾아가는 눈길에도 눈들이 녹고 있었다. 와불님은 산책에서 돌아와 다시 누워 있었다.

내 마음이 먼저 와불님께 가 넙죽이 절을 올렸다.

"그래, 고생이 많았지……. 잘 돌아왔다."

와불님이 잠시 일어나 내 등을 툭툭 두드려주시고 다시 누웠다.

왈칵 눈물이 쏟아졌다.

아직 눈이 녹지 않아 와불님의 눈썹이 새하얗게 빛났다.

"그래, 이제 네가 누군지 알았느냐?"

"네, 와불님."

"풍경으로서의 삶이 네 삶의 본질이다. 너는 물고기지

새가 아니야. 너 자신을 용서해라."

"네, 와불님."

"삶은 시간이다. 그것도 물리적인 시간이다. 열심히 살아라. 열심히 살아야지 삶이지, 열심히 살지 않으면 삶이 아니다. 너를 위해 저렇게 바람이 불지 않느냐."

"네, 와불님."

"만일 네가 한 그루 꽃나무라면, 너는 꽃으로 살기보다 꽃을 피우는, 희고 아름다운 뿌리로 살아라."

"네, 와불님. 그런데 한 가지 여쭙고 싶습니다. 이 세상에 영원히 존재할 수 있는 것이 무엇입니까?"

"영원히 존재하는 것은 없다. 그것은 정말 슬픈 일이다. 그러나 그렇기 때문에 또한 많은 것이 존재한다. 그러나 단 하나, 사랑만은 영원히 존재한다."

"그렇다면 와불님, 우리의 삶에서 무엇이 가장 중요한 것일까요?"

아, 나는 왜 아직도 이렇게 질문이 많은가. 질문을 하는 과정 속에 삶은 놓여 있는 것인가.

"결국 사랑이다. 사랑이 없으면 새들에게 날개가 없는 것과 마찬가지다. 너 같은 풍경의 붕어에게는 바람이 없는 것이나 마찬가지다. 우리가 살면서 무엇 때문에 가장 고통을 받더냐. 무엇 때문에 가장 괴로워하더냐. 그 괴로움과 고통의 원인이 무엇이더냐. 잘 생각해보아라. 결국 사랑 때문이 아니더냐. 푸른툭눈, 너는 그동안 왜 그토록 괴로웠느냐? 사랑 때문이 아니더냐. 우리의 삶에는 우리가 필요로 하는 것과 우리가 원하는 것이 있다. 이 두 가지는 서로 같은 것 같지만 서로 다르다. 우리는 우리가 원하는 것은 없어도 살지만, 필요한 것은 없으면 살 수가 없다. 푸른툭눈아, 꼭 필요한 것, 그게 바로 무엇이냐?"

"사랑입니다, 와불님."

"오, 그래, 그래, 맞다, 푸른툭눈아. 나는 너를 사랑한다."

햇살이 죽고 겨울비가 내린다. 번개가 친다. 어리석은 나를 꾸짖는 듯 천둥소리가 운주사를 울린다. 남편 와불님이 몸을 틀고 높이 손을 들어 아내 와불님의 얼굴에 쏟아지는 차가운 겨울비를 가려주신다.

저 비가 그치면 곧 봄이 올 것이라는 것을 나는 안다. 이 세상에 사랑만이 영원하듯 봄이 온다는 사실 또한 영원하다.

봄이 오면 나는 검은툭눈과 함께 세상에서 가장 아름답고 맑은 풍경 소리를 낼 것이다.

외로운 사람들은 운주사로 오십시오. 괴로운 사람들

은 운주사로 오십시오. 아, 무엇보다도 서로 사랑하는 연인들은 함께 오십시오. 검은툭눈과 나의 풍경 소리를 들으러…….

해설

시인의 가슴 처마 끝에 달린 풍경 소리

김용택 (시인)

하늘이 거짓말같이 파랗다. 하늘을 바라보는 눈이 시디시고 이마가 다 시리다. 앞산을 가만히 보고 있노라니, 저 산이 꼭 보이지 않는 끈에 매달린 풍경 같다. 누군가 힘센 사람이 불끈 들어 올리면 금방이라도 풍경이 간직하고 있었던 가장 아름다운 소리가 파란 하늘로 울려 퍼져서 사람들을 평안으로 이끌 것 같다.

운주사 와불님을 뵙고
돌아오는 길에
그대 가슴의 처마 끝에
풍경을 달고 돌아왔다

먼 데서 바람 불어와
풍경 소리 들리면
보고 싶은 내 마음이
찾아간 줄 알아라

  이 시는 정호승 시인의 시집《외로우니까 사람이다》에 실린 〈풍경 달다〉라는 시이다. 내가 이 시에서 제일 좋아하는 구절은 '그대 가슴의 처마 끝'이라는 표현이다. 바람이 지나가는 길목, 처마 끝같이 시린 가슴에 아름다운 소리를 내는 풍경을 가진 사람이 정호승이다. 정호승은 늘 자기 가슴에 감추어둔 풍경 소리로 우리들의 슬픔과 외로움, 상처받은 영혼을 따뜻한 손길로 쓰다듬어왔다. 세상의 바람이 그의 처마 끝을 지나면 그의 풍경은 헤아릴 수 없는 맑은 소리들을 낸다.
  우화소설《연인》은 정호승이 그의 가슴속에 가장 오래 간직하고 아껴두었던 풀잎 소리 같은 풍경 소리를 이 세상으로 울려 퍼지게 하는 이야기이다. 사랑은 무엇인가, 사랑은 자기가 가장 아껴두었던 것을 사랑하는 사람에게 주는 것이라고 그는 말한다. 주어도 주어도 더 줄 것이 없어서 아쉬운 것이 사랑의 마음이다. 그렇다. 사랑하는 사람에게 무엇이든 주고도 더 주고 싶은 마음을 어찌하지 못하는 사람은 이 책을 읽으면 사랑하는 사람에게 줄 무엇인가를 얻을 것이다.

　나는 이 우화를 읽으면서 마치 저 푸른 하늘에서 이 세상에 처음 울리는 풍경 소리를 듣는 것 같은 착각에 빠져 한참씩 하늘을 바라보며 서 있어야 했다. 우화소설 《연인》은 우리들 가슴 어딘가에 감추어져 있는 진정한 사랑의 풍경 소리를 찾아가는 주인공 푸른툭눈의 이야기다.

　푸른툭눈은 운주사 처마 끝에 매달려 사는 풍경이었다. 어느 날 처마 밑으로 떨어지는 새끼 제비를 보고 몸을 날린 것이 뜻밖에도 풍경 줄에서 떨어져 나오는 계기가 되었다. 새끼 제비를 구하고 자기는 날아다니는 비어飛魚가 된 푸른툭눈은, 대자유를 얻었다고 생각하며 세상을 향해 날아간다.

　푸른툭눈이 제일 먼저 찾아간 곳은 바다이다. 그러나 '바다를 아름답게 하는 섬'을 향해 함께 가던 흰물떼새를 매에게 잃고 푸른툭눈은 난생처음 죽음이라는 것을 알게 된다. 그는 무서워서 운주사 와불님을 별빛으로 부른다. 와불님은 푸른툭눈을 위로하며 '죽음도 삶의 일부'임을 일러준다. 운주사 와불님은 이렇게 푸른툭눈이 어려움에 처할 때마다 별빛으로 나타나 그를 위로해준다.

흰물떼새를 잃은 푸른툭눈은 이번에는 시인을 만난다. 친구를 잃은 푸른툭눈에게 시인은 말한다. 사랑은 첫눈에 반하는 거라고. 사랑이야말로 삶의 전부라고.

푸른툭눈은 이제 서울로 가서 잿빛 비둘기를 만나, '서울은 네가 있어서 아름답다'며 상처 있는 비둘기를 좋아하게 된다. 하지만 유치원 다니는 다솜이의 죽음을 보고, 여러 가지 시련과 맞닥뜨리게 된 푸른툭눈은 이따금 제일 처음 사랑을 나누었던 검은툭눈을 생각하면서 '먼동이 트듯 마음 한구석이 환해'지는 기분을 맛보기도 한다.

서울을 떠나 세상을 돌아다니던 푸른툭눈은 여러 번 죽을 고비를 넘긴다. 붕어찜을 하는 곳에서 잡혀 혼이 나기도 하고, 저수지에서 낚싯바늘에 걸려 곤혹을 치르기도 하고, 나중에는 십자매와 함께 점을 쳐주는 일을 하기도 한다. 또 붕어빵 집에 가서 죽을 뻔하면서도 "사랑해야 할 이들은 즉시 사랑하라. 내일로 미루지 말라"라는 말을 이해하기도 한다.

다시 서울로 돌아온 푸른툭눈은 서울에 와서 처음 만났던 잿빛 비둘기와 진한 사랑에 빠진다. 그러던 어느 날 은빛 비둘기가 나타나 잿빛 비둘기와 사랑에 빠지자, 푸른툭눈은 운주사 와불님을 별빛으로 부른다. 와불님은 "이 세상에 상처 없는 사랑은 없다"며 푸른툭눈을 위로한다. 운주사를 그린 화가를 우연히 만난 푸른툭눈은 검은툭눈이 아직도 자기를 사랑하고 있다는 이야기를 듣게 된다. 그리고는 운주사로 돌아와 검은툭눈의 진정한 사랑을 확인하게 된다.

사랑을 찾아가는 푸른툭눈의 순례는 이 세상 모든 것들이 거쳐야 하는 통과의례이다. 이별의 아픔 없는 사랑은 없다. 이 세상의 모든 아름다운 사랑은 상처받은 사랑이다. 상처 없는 푸른 소나무가 세상에 어디 있으랴. 진정한 사랑에 이르기 위한 '고통의 축제'를 지나고 절망과 그리움의 어두운 들을 건너온 자만이 세상을 향해 환하게 웃을 수 있다.

《연인》은 그래서 사랑과 평화의 메시지다. 우리가 끝끝내 다다르고 돌아와야 할 곳이 사랑의 처마 끝임을 정호승은 푸른툭눈을 통해 우리들에게 보여준다. 그러므로 《연인》은 이 모자람 없는 것 같은 '궁핍한 시대'를 살아가는 우리들에게 울려 퍼지는 사랑의 풍경 소리이다.

그가 울려주는 풍경 소리는 우리들의 마음과 귀를 깨끗하게 씻어줄 것이다. 그의 풍경 소리는 세상을 향한 경종이 아니라 사랑을 찾아다 주는 풍경 소리이므로 우리가 자신도 모르게 가슴속에 숨겨두었던 풀잎 소리 같은 사랑의 풍경 소리를 찾아내어 하얀 눈송이처럼 하늘 가득 울려 퍼지게 할 것이다. 그리하여 사랑으로 상처받고 우는 사람들은 그 아픈 상처 위에 함박눈같이 환한 사랑이 내릴 것이요, 사랑을 앞에 두고 애가 타는 사람들은 지금 당장 뛸 듯이 기쁜 사랑을 얻을 것이요, 사랑이 없는 사람은 사랑으로 촉촉이 젖어 사랑에 눈을 '툭' 뜨게 될 것이다.

지금 사랑하고 있는 사람들은 그이가 왔으니 물을 열라. 거기 바람 없이 내리고 있는 눈 속에, 하얀 눈을 맞으며 눈사람처럼 서서 그이가, 사랑하는 그이가 하얗게 웃고 있을 것이다. 그러면 그대가 다가가 그이의 어깨에, 머리에 앉은 눈을 털어주라. 그리고 그 풍경 소리를 찾아가면 이 세상을 더없이 사랑하는 시인 정호승의 속삭이는 소리가 들릴 것이다. 지금 당장 사랑하라고, 사랑만이 가장 아름다운 현실이라고. 그리고 마지막으로 그는 이렇게 사랑하라고 바람 없이 내리는 눈송이처럼 우리에게 노래할 것이다.

이제는 누구를 사랑하더라도
낙엽이 떨어질 때를 아는 사람을 사랑하라
이제는 누구를 사랑하더라도

낙엽이 왜 낮은 데로 떨어지는지를 아는 사람을 사랑하라

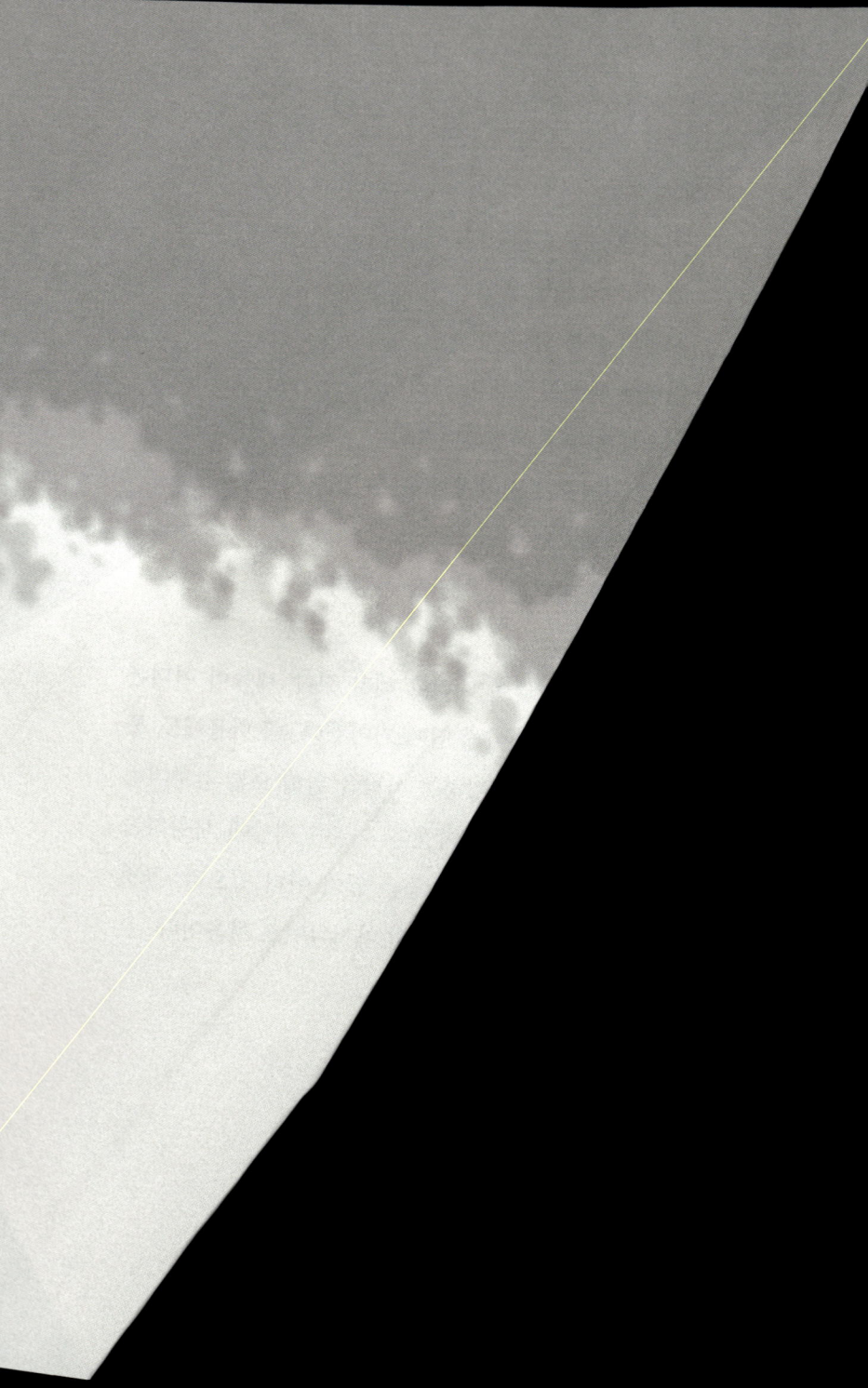

낙엽이 왜 낮은 데로 떨어지는지를 아는 사람을 사랑하라
이제는 누구를 사랑하더라도
한 잎 낙엽으로 떨어질 수 있는 사람을 사랑하라
시월의 붉은 달이 지고
창밖에 따스한 불빛이 그리운 날
이제는 누구를 사랑하더라도
한 잎 낙엽으로 떨어져 썩을 수 있는 사람을 사랑하라
한 잎 낙엽으로 썩어
다시 봄을 기다리는 사람을 사랑하라

운동장에 산그늘이 내리고 해가 졌다. 새들이 어디론가 날아간다. 나도 이제 집에 가야겠다. 내 마음에도 풍경은 있나니, 나도 사랑하는 사람을 위해 오늘 감추어둔 풀잎 같은 풍경을 울려야겠다. 아, 이 세상에 사랑하는 사람이 있다는 것보다 더 좋은 일이 어디 있으랴. 그것은 평화요 안식이요 이 세상의 마지막이요 처음이다.

연인
정호승 우화소설

1판 1쇄 인쇄 2025년 6월 9일 **1판 1쇄 발행** 2025년 6월 25일

지은이 정호승
발행인 박강휘
편집 박규민 이승현 **디자인** 정윤수
마케팅 박유진 이헌영 **홍보** 이수빈 박상연
발행처 김영사
주소 경기도 파주시 문발로 197(문발동) 우편번호 10881
등록 1979년 5월 17일(제406-2003-036호)
주문 및 문의 전화 031)955-3100 **팩스** 031)955-3111
편집부 전화 02)3668-3290 **팩스** 02)745-4827
전자우편 literature@gimmyoung.com
비채 블로그 http://blog.naver.com/viche_books
인스타그램 @drviche @viche_editors **트위터** @vichebook
ISBN 979-11-7332-250-1 04810
　　　979-11-7332-253-2 (세트)
책값은 뒤표지에 있습니다.

비채는 김영사의 문학 브랜드입니다.